廖玉蕙 著

穿一隻靴子的老虎

目錄

自序　悠悠生途中之「最」 007

輯一　穿一隻靴子的老虎

那些看不分明的霧中疾馳列車 013
六〇年代教會我的事 021
敢於質疑批判 030
穿一隻靴子的老虎 038
這樣的老派紳士哪裡找？ 047
親炙大師的丰采 054
留下一支熨斗的錢穆故居 057
街角一處燈光明亮 059
用愛來成就人生的圓滿 065
示愛與分享 073

輯二　這個喧囂的年代

這個喧囂的年代　083
今生有幸做了姊妹　090
期待櫻花盛開的時節　099
租書店、包子和總經理　108
向最愛告別　117
早晨的那杯咖啡　125
學不會放輕鬆　130
短暫結了一門親　136
買一送一？　141
千里之外的應答　146
新世代的煩惱　152
一步步走過來　159
身為女性的養成速寫　162

輯三　穩定交往中

穩定交往中　169
眼明手快　179
夫妻家常　183
悠悠復健途　188
近乎天真的爛漫　197
對愉悅家庭的想望　201
魔幻的午後　206
遺落　208
我是鐵人無誤　211
全家七口的三代二十一日歐遊　215

自序

悠悠生途中之「最」

這本書的三輯內容，大多寫於這兩年內。第一輯著重社會觀察與自我省思，偏重理性；第二輯敘寫各樣的人生緣會，筆觸較為感性；第三輯摹寫親人互動，追求閒情與逸趣。生活大體不出如此：時而憂國憂民；時而纏綿糾結；常常迷糊天真。如此由嚴肅自省而漸次趨向幽默風趣，是人生進程的展現，由困頓、疑惑起始，經歷糾結、傷痛；然後慢慢來到知足的歡忻笑語境地。

此中有十「最」。

最難忘恩師潘重規教授對「勇於質疑批判」信念的啓蒙；

最傷痛無能引導猶如穿靴老虎不時橫衝直撞的學生；

最遺憾至今仍學不會放輕鬆，無法漠視新世代的煩惱；

最思念近乎天真爛漫的父親和引我前行的二姊；

最期待兒子幼年時夢想的「租書店、包子和總經理」於他不惑之年能在《行冊》複合式餐廳達成永續發展的目標；

最盼望朋友相偕去旅行的櫻花盛開時節再次來臨；

最驚喜千里之外傳來的應答，聲聲入耳；

最享受一家七口的三代二十一日歐遊，是如此溫潤、美好；

最珍惜人生行道上親炙的大師丰采、邂逅的老派紳士和在馬祖意外結的那門親；

最驕傲六〇年代教會我的抗議精神能從八〇年代就開始一一付諸行動。

那些看不分明的霧中人生急馳列車，在魔幻的午後，一步一步走著，勇毅告別最愛，繞過街角的一處燈光明亮，又載著我持續行過荊棘地與悠悠復健途，遠赴偏鄉去義講。然後，繞著、繞著，又繞回了原鄉的潭子老家。

啊！當年眼明手快的年輕夫妻，慶幸在這喧囂的年代，尚未遺落攜手偕行的初衷，仍舊維持「穩定交往」狀態。且讓我們在晨曦中一起喝杯香醇的咖啡，自在地閒話家常，用愛來成全人生的美滿。

廖玉蕙 於二〇二〇年一月

輯一　穿一隻靴子的老虎

那些看不分明的霧中疾馳列車

疾馳的火車夾藏在白色的蒸氣和霧靄間；鐵軌深色的直線穩定地橫跨整個水平面，橋墩的金屬被曬得閃閃發亮。我每每從其中看到時間一刻不停留地無情消逝和空間的痴情固守。畫面上籠罩著一片輕柔的淺紫，使得一切似幻還真。莫內〈倫敦查令十字橋——霧中煙雲印象〉裡，被煙雲遮蔽的、看不分明的疾馳火車常讓我不期然想起走過的歲月。

小學以前，我們住在台中潭子西邊員寶庄（現今東寶里），四合院前的稻浪間，恆常有台糖載送甘蔗的小火車悠悠行走其間；我總坐在四合院外竹籬旁的大石上，遠遠眺望，揣想著它將駛向何方，當時對未來尚無任何想像。

鮮少有機會乘車外出的幼年，母親偶爾會慷慨地以三輪車代步。但家中食指浩繁，三輪車上總要擠上大大小小好幾人。我是家中老么，從無機會端坐椅上，只能蹲在大人踏腳處；

手無著力處地扶住車伕座椅下的彈簧隙縫。下雨天，帆布簾隔離了車伕和顧客。印象中，我的額和鼻一逕和粗質掛簾磨蹭著。當時，暗自發誓長大賺了錢後，第一要務就是豪氣叫部車，獨自一人踞坐游目，以雪矮人一截之恨。但等我有能力時，三輪車卻在尋常生活中絕跡。

前些日子到旗津，發現居然可以讓復古的三輪車載著四處遊覽景點；和女兒躍上，欣喜得以一償宿願。誰知端坐車上，看著三輪車「婦」吃力踩踏謀生的背影，不忍之心陡起，只能趕緊奉上車資，慌慌逃命去了。時移事往，昔時渴慕的執念原來植基在辛勞佝僂的背脊上，思之悵然。

幼年搭公車出門通常也不是太愉快的經驗。逢年過節搭車去位於豐原的外公家，一家大小近十人，只買三、四張車票，其餘化整為零，有的屈著身子裝矮，有的尾隨、佯裝他人子女上車，行跡卑鄙猥瑣，是我愛臉的童年最不堪的記憶。

但有一事堪稱平生最難忘。父親早年常騎腳踏車送我上學，後來換了機車，常載著我四下兜風。他總是邊騎車、邊提醒我得牢牢抱緊他的腰身，然後，迎著風哼著不成調的歌；我則將臉貼住父親的背，緊緊攬著他的腰，父女倆都非常享受那樣的時光。父親過世後，一回，我陶醉地跟母親回憶起這件往事，她卻頗不以為然地說：「坐恁老爸的機車轉去外家厝

（娘家）上（最）厭氣，出發前，我就猶未妝好勢（還未打扮好），伊七早八早就牽車出去門口，油門催落去，害我急得心臟霹噗惝（噗噗響）；佇外家厝才拄吃過中晝頓（午飯），想欲和姊妹仔好好開講一下，他又擱機車牽咧，將油門催甲四界熗煙（四處冒煙），這陣想起來，規（整個）頭殼猶是伊發動的隆隆叫的車聲。」

上小學那年，我們搬出大家族的四合院。新宅前臨縱貫公路，後傍平行雙鐵道，一是緊貼後門的台糖小鐵道，一是縱貫鐵路，鎮日車聲隆隆，家人一逕敞開嗓門互道家常。去年某天曾駐足在縱貫鐵道旁的一家小餐廳買便當，忽然一陣劈雷似的轟隆聲掩至，面對鐵道窗口小窗簾被風捲得老高，我這才驚覺自己當年竟然在鐵、公路吵雜的夾攻下處變不驚地度過年少時光。幾天前，我開車從潭子往豐原途中，被紅燈攔停，放眼看去，一列火車正在雲端徐行，高架化、電氣化，處於高高半空中的火車，失了臨場的親切，好像離人間越來越遠了。

小學五年級，母親幫我轉學到當時的台中市師範附屬小學，不但是越區而且是越縣市就讀。向來沒有自己搭車經驗的我，是個小小鄉巴佬，原本就讀離家不到三百公尺的潭子國小，除了跟隨父母去外公家，從未自行走出方圓一公里外。

轉學第一天，母親領著我進繁華城市，一路叮嚀搭車及行走的路線，哪站下車，哪裡上車，在哪裡轉彎，循何路前行，要我下課後自行循來時路回家。放學後，我戰戰兢兢從師範附小出發，原本該走到第二市場，再搭公路局車子回家的；但街道縱橫，彎彎曲曲，我走在棋盤式的路上，迷失了方向。怯於問路，心慌意亂，從黃昏到入夜，整個亂了套地來來回回奔走，中山路、中正路、成功路……感覺路燈一盞盞亮起，每條路、每個轉角都似曾相識，卻又如此生疏。

衝過來、跑過去的，意外發現街角一處燈光明亮，我走了進去，本想壯膽問路，卻不意邂逅了生命中重要的地標——中央書局。我赫然發現，裡頭不但有各式文具，重要的，有好多、好多書，一排排的，像魔幻仙境般，讓人目眩神移。

惶恐中的小小驚喜，讓我稍稍安下了心，我把這地點牢牢記下。從那之後，我一得空就去看免費書，從小五一直看到高中畢業。當時，我的閱讀也形同一列疾駛的火車，為了閃躲店員狐疑的眼光，不停移動著位置，羞赧倉皇。

台鐵在民國五十年，增設觀光號。高挑甜美的三姊應徵上了，舉家欣喜若狂，當時人稱「飛快車小姐」，全村豔羨。從那之後，我算台鐵員工的眷屬，搭火車可享免費，於是從初中起，我一搭就是六年整，五年南下到台中，一年北上到豐原。搭車往北那年，是因為聯考失利，我哀怨地擠進了豐原中學，次年才在母親施壓下，又轉學回女中。

有趣的是，家裡附近的縱貫鐵道屬彎曲路段，慢車或飛快車行經，慣常都會先鳴笛示

家中姊妹與母親於屋後的鐵道上合影，媽媽跟兩位姊姊都是車掌。

警。我們牢記姊姊的班表，在她值勤的車子即將飛掠而過時，迅即衝到後門與跑到車門口的三姊招手致意。其後成習，車上的服務人員包括列車長、司機、其他的隨車小姐都加入揮手行列，甚至我們的鄰居和車上慣搭對號車的常客到了那個轉彎處，車上、車下，都有志一同地相互揮手致意。風和日麗的日子，火車疾馳而去，近處的稻田翻飛，滿眼翠綠；遠處的天空朗朗，一片蔚藍，當時年紀小，雖然明確感知家中生計艱難，卻被藍天白雲和綠地招得彷彿又生意盎然。

母親心疼姊姊長期外食，經常儉腸凹肚、撙節家用，設法燒一鍋豬腳或麻油雞提去給三姊解饞。因潭子火車站屬小站，快車過站不停。母親得算好時間，搭公路局班車去台中或豐原火車站，提去給正在火車上值勤的姊姊。一回，似乎是搭乘的公車故障，延宕了時間，母親提著重重的一鍋熱騰騰麻油雞，飛奔入站，氣喘吁吁爬過天橋到對面月台，卻見火車已徐行出站。飲恨的三姊站在車門，探過半邊身子跟漸行漸遠的母親揮手道別。母親徒呼負負，痴站著目送長長的火車逐漸巍然遠去。她只好又提著鍋子，踽踽回返，神情失落、黯然。那晚，識相的一家大小都在飯桌上噤聲，知道這時沉默是金。

清貧年代，三姊的那份固定薪水，一直強力支撐著家計。每到發薪日，無論晴雨，我們都在後門鵠候著姊姊綑緊塑膠袋內包裹著的薪水和石頭從車上丟下。常常沒估量好距離或時間，丟進一旁的水溝內或稻田裡，我們便慌慌下水／田去摸索、找尋；然後將沾濕的鈔票鋪在天井邊晾曬，這可說是吾家特色景觀，而我怎麼也不敢忘記姊姊是用辛勤加班跑車的費用送我北上讀書的。

仔細想起來，我們家似乎和交通相關事務特別有緣，不但和鐵、公路長期比鄰而居、三姊擔任飛快車小姐、我長時間通車上學，我的母親甚至十三歲就虛報年齡考上客運車掌工作，連二姊也擔任豐原客運隨車車掌。家裡經營花圃的二姊夫追求二姊時，每天浪漫送花去客運站，不知羨煞多少人！而我的大哥經營貨運行、二哥開設一家計程車表行，幾乎大半的家用都來自台灣的交通運輸工作。

年少時候，所有的夢想都在遠方，最希望坐上火車四處去流浪。十八歲考上台北的大學後，台中開始由家裡變成故鄉。開學或放寒暑假，我搭長途山線慢車往來台北與台中，急於逃脫之後卻又馬上回望來時路，心情矛盾。接著與同是台中人的外子結婚、生子，時而搭山線探望親人、回娘家坐月子；時而改搭海線快車探望清水的公婆，山風和海雨，隧道和海洋，火車都盡責地載著我們迢迢奔赴。

民國六十七年，台北到台中的高速公路通車，公路的使用逐漸頻繁起來。六十九年，我們住在中壢，外子奉派出國進修。我帶著兩歲的兒子回潭子娘家待產，生下女兒後，實在無力兼顧，我只能孤身帶著兒子返回中壢教書，將女兒留在台中讓母親幫忙照顧。娘家的二哥當時住在板橋，每周不辭迢遞與辛勞，驅車由板橋到中壢來載我和兒子回台中看望女兒，車程漫長，卻幾乎每周為之。二哥不叫苦、更不討人情，二嫂也從無怨言，為期整整一年。那樣的深情和溫柔，盡在高速公路上無言的車程裡，也永掛在外子和我的心頭。

添購了轎車後，我們開車在兩個原生家庭和我們的小家庭間來來去去。從探望、探病、侍疾到奔喪，然後父母雙亡，這列人生的列車越開越悲壯，人生後段的所有搭乘本來都是為尋求安心的移動與奔赴，但因為生離和死別，行程總是越來越趨近流浪與遺憾。

於是，我選擇提早退休，不再拘守異地；我立意以火車流動追求的概念，積極反轉頹勢。我開始返回台中，帶著原生家庭的兄姊出走台中之外的城市，大型的、小規模的，以台中為輻射中心遊走台灣及台灣以外的城市，雖然有人遺憾地在半途下了車，那樣的行程歡樂裡雜揉著悵惘與憂心，但我們仍無畏地上車、下車，然後回家。

六十五歲那年四月，我開始享用政府敬老的美意之餘，也反思如何回饋。年底，走進台灣東西南北及離島的偏鄉，進行大規模義講，高頻率使用大眾交通工具，高鐵、台鐵、離島機票等各式交通費因為優惠，為我省掉了好幾萬元。這些車子載送我到從未涉足的荒涼村野，和當地的老師、學生切磋閱讀與寫作，和純樸的民眾討論家庭互動；常常在回家的車上，眼裡有淚、內心澎湃。就像下著微雨的黃昏，從火車車窗望出去，全是人家最不堪的後窗，殘破剝落、淅瀝昏黃，好不悲傷！幸而老師有心，孩子有情。

那些記憶和現實中看不分明的霧中疾馳列車，就這麼持續地在軌道上奔馳著，迤邐彎曲。當年的我，從縱貫道上鳳凰花直燒灼到天邊的台中出發，如今從北方搭乘高鐵南下，轉上環繞大台中的七四號快速道路，終於又重新回到我位於潭子的家鄉。

——原載二〇一七年六月二十七日《聯合報・副刊》

六〇年代教會我的事

六〇年代，正是我接受完整正規教育的全盛期，也是開始真正啟動思考的年代。從小學高年級到初、高中，然後接軌大學，堪稱我的完整人格養成期。雖然走過遍地繁花，腦袋裡卻充滿疑惑，一路坑坑疤疤地匍匐前進。在情意匱乏，智育生吞活剝下的戒嚴環境中，儘管西方的世界已然騷動不安，革命浪潮鑼鼓喧譁，憤怒與絕望逐步蔓延，台灣卻安安靜靜，像一艘密閉潛水艇，潛藏水中，自外於眾聲喧嘩。而我，與世隔絕，只顧著聽古人訓話：「溫柔敦厚，詩教也。」一整個六〇年代，我都處於內心躁動、外表乖順的自我戒嚴狀態。

從小，我就冷眼旁觀母親嚴重的重男輕女。我的哥哥們，從來不必做家事。我小學搭公車上課前，必先將門前的那塊種了鳳凰樹的空地打掃乾淨。因鳳凰花葉容易掉落，掃了這邊、又掉了那邊，讓我相當苦惱，深怕上課遲到。母親督責甚嚴，稍有差池，總少不得一陣鞭打；上學前，常因挨打或著急即將遲到而先大哭一場。但只大我兩歲的小哥，卻什麼都不用做，讓我滿納悶的。

但我深感不服的，倒不是類似這種被賦予的約定責任，而是更進一步的不平等待遇。從我有能力參與正式家事的國小高年級起，我就常被媽媽交代完成某些服務兄長的任務。譬如，哥哥夜裡表示肚子餓想吃點心，媽媽就會轉頭對家中排行老么的我說：「恁哥哥腹肚枵，妳去煮一碗麵予伊食。」我如果說：「他肚子餓不會自己去煮嗎？為什麼要我煮！」我母親就會罵我：「妳這个囡仔哪會遮爾貧惰（懶惰）！」若再不識相繼續辯下去，討一頓打是難免的。但哥哥肚子餓不想自己做，為什麼會是妹妹的懶惰？我一直不明白。

約莫是初中二年級，我慢慢領略無法申冤的痛苦與憤恨，時日久了，終於化悲憤為力量。當年，台中女中初中部的制服，是淺藍上衣、深藍百褶裙。為了整潔，洗完後必須用熨斗燙平。夏天實在熱，我燙了上衣後，通常只把裙子整齊摺好，放進家裡臥鋪的榻榻米下方，讓身體的重量壓平它，免得揮汗如雨。

我的二哥，當時正當愛美的青春期，相當重視門面。上班時，一逕衣著光鮮，襯衫後方的兩條縱貫摺痕必須維持筆直。出門前，一定要有人幫他拉出背後的平整線條。這倒無傷大雅，不過是舉手之勞；最厭惡的是，大熱天必須幫他燙平外出的所有衣服跟長褲。明明他閒閒窩居，一旁聽音樂、看書，為什麼我得大汗淋漓成全他所要求的整潔美觀標準！

服勞役的次數多了，憤怒隱隱發酵。明著告狀無效，一次，我就來陰的。我把使用中的熱熨斗暫放正處理的衣服上，然後，故作鎮靜去倒杯水喝，回來時驚叫：「怎麼會這樣！」哥哥的衣服被燙出了一大塊熨斗形狀的焦黃。我自然難免又被一頓狠揍，但從此豁免幫忙燙衣的勞役。這應該是我人生反對運動的初步實踐——正面反抗無效，於是，改弦易轍用負面手法抗議，當時，我並不知道這叫「爭取性別平等」。後來，二哥不計前嫌，支持我北上念大學，我一輩子感謝他，這證明了世上沒有永久的敵人。

之後，我高中聯考失敗，連一所排名最後的高中都沒考上。幸好有第二次的招生，我警覺到再退一步即無死所，拚命準備，總算考上台中北邊的豐原中學。早上，搭火車北上時，常會在潭子車站的月台邂逅搭車南下的女中老同學，感覺非常狼狽。

彼時規定兩校距離沒超過某個公里數的，不能參加轉學考，除非事先取消學籍。高一暑假，母親壯士斷腕，擅自去學校將我的學籍拿掉，勒令我轉學。那年，女中為了錄取學校裡一位老師的女兒B，將應試成績較她高分的學生約莫四十餘人悉數錄取，我倒是名列前茅的，雖然不在蒙受福蔭之列，但這卻是我首度近身見識什麼是特權，儘管這個特權的行使還潛藏顧忌，不到肆無忌憚地步。

那位得到優待的B是我女中初中的同班同學，也跟我一樣在前一年的聯考裡受挫，被分發到台中的邊疆學校，並跟我同時參加轉學考。高二分組，重新編班，這次變動也算是隱性的能力分班。初中部直升上來的同學，文組分在一班和二班，理組棲身在八班；二班另外容納部分非直升但高一成績出色些的，那位造福諸多轉學生的B，雖然成績只是普通，卻也被收編入資優的二班；其餘的文組轉學生則全部被安排進後段的七班。

直升班是天之驕子，樂隊、儀隊都能隨心所欲選擇參加與否，要等直升班報名或揀選過後，若仍有員額，才輪到普通班其他的美姿儀學生。這樣的特權原本沒啥好羨慕的，但我小四時在潭子國小擔任樂隊指揮，當時指揮共兩位，隔周輪流。沒輪到的那一位就進到樂隊裡或打大鼓、或吹笛子。其後我轉學到台中師範附屬小學，因為我比別人多出一年指揮資歷，經過在老師面前比劃面試，輕易就被挑選出來，在升旗台上指揮同學唱國歌及國旗歌。這樣「完整」的資歷，竟然不敵只是讀書很厲害的同學，沒能夠進入樂隊，連當團員都不夠格，真讓我超級不服氣。

儘管心裡不服氣，但樂隊、儀隊訓練繁複，參加之後，勢必壓縮課後寶貴的自由時間，沒能參與也不算太遺憾。但另有一事，頗引發我的憤怒，堪稱終身難忘。學校舉行英文演講比賽。我們七班派出H，H和我都是從豐原中學轉學過來的，算是同病相憐。演講時，一班

滿是疑惑的十七歲。

派出可愛至極的E同學，眼珠子黑溜溜的，好惹人憐愛。可是，她一站上台，剛問候完評審和同學，立刻忘詞，眼睛眨巴、眨巴一陣後，吐了吐舌頭，訕訕然下台，在台下哭得好慘。我至今還記得她長長的睫毛上，像雨天的雨遮般掛了一整排淚珠，珠子掉了，又從眼裡湧出來另一排。

H的英文，不管聽、說、讀、寫都好極了，她的父母原本就是英文教授跟高中老師。她台風好，口齒清晰，英文流暢自然，本來就極有可能奪魁，直升班的代表又忘詞，她自然是穩操勝算了。

事情卻大出意料之外，賽程結束前，教官跟評審老師附耳一番後，居然同意讓鎩羽下台的E再上台重講一次。接著，結果公布，E得冠軍，H則淪為亞軍。這事讓我們頗為震驚。學校居然可以這樣不公平！當然，我私心也為自己抱屈，因為每次參與的國語演講比賽，講得再好，也僅能得亞軍，冠軍總是非直升班莫屬。當然，那時的我也不清楚這就是校園中圖利菁英的潛規則。

現在回想起來，學生當然是無辜的；但身為教師的，卻在教育的現場公然示範關說，當年因人設事的轉學名額提升和演講忘詞卻可重新上台拿金牌的這兩件事，讓我對公平正義感到極度錯愕與困惑，也讓我無法釋懷。那年，我高三，儘管如鯁在喉，心裡百般不服，卻只是在同儕間相互傳告、私語抱怨，然後吞下，沒有任何具體抗議行動。

六〇年代末期，我上了大學，戒嚴尚未解除，威權體制的束縛無處不在，學生都只乖乖埋頭苦讀。大二那年，校長為了革新中文系，從外校聘來新主任。新主任人脈廣，幾位中文或外文的重量級學者隨之應聘來兼課，為中文系注入活水，帶來新氣象，其中一位名聞遐邇的L教授尤其大受學生歡迎。次年，系裡課程表公布，L教授竟然不在課表的師資上，聽說因為他接下專任學校的行政職，怕照應不來，婉拒我們系裡的兼課續聘，該課程下方的授課老師名字遂換了他人。

同學聽說了，都扼腕嘆息。學弟妹們雖感遺憾，卻只徒呼奈何；這位教授真的讓我們獲益良多，太受歡迎了，原本以為他會繼續教授我們另一門他更專精的進階課程，誰知他連原本的課都辭了。大家為此有些激動，班上一位同學忽然動念提議聯名陳情，希望校方能換下原本課表上安排的另一位學養較不足的教師，讓老師繼續傳道授業解惑。這種臨陣換將的請求，在相對保守的中文系裡，根本是逆倫的挑戰行徑，被接受的可能渺茫。沒料到出身外文系的系主任竟從善如流，並以學生的殷切期盼來敦請L教授打消堅辭不就的決心。消息傳來，同學歡聲雷動，咸認是破天荒的喜訊。這個原先大多數人都認為不可能的連署，在我們「明知不可而為之」的熱情挽留下竟獲善意回應。這件事給我相當大的震撼與鼓舞，我從此對世事有了不同的想法與對應。所有人生的思想及行動走向，都是其來有自，我這麼深深被啟蒙。

從那之後，我常常想起國中時期哥哥那件被我燙壞的白襯衫，我沿著那件襯衫所引發的不平往前走，走到了母親的中老年。母親環顧屋宇交代：「準若我過身，恁姊妹就要把印仔攏總提出來頓（蓋），毋通轉來和你阿兄搶這間厝，會予人笑死。」從那之後，我一逮到適當機會，就跟母親閒閒討論男女平權的意義，直到母親的暮年，她終於同意：「有影查某囡仔較有孝，何況，咱也愛綴會著時代（趕得上時代）。這間厝，萬一我死去，恁就照民法來行，查甫、查某攏平均分配。」

接著，我也常想到高中那場轉學考的特權關說及演講比賽的破格拔擢待遇，還有學校對直升班格外的優容與鼓勵。我逐漸從耳語抱怨勇敢蛻變為公然抗議。一位一向熱血的昔日學生，說要自費邀請我去給她教導國文的兩班體育班高中生演講，希望我能為這些在課堂上因低成就而沮喪的學生加油打氣，我當下慨允無酬演講且連到高雄的交通費都願自付；卻在到達會場時，發現臨時被學校動員參加的資優班學生端坐前方，原訂聽講對象的體育班同學卻被安排到遠遠的後方。原來老師調課時驚動了校方，校長堅持資優班才更需要聽講。我好氣憤，當場離開前方講台，直接走到中後方開講，實踐對體育班學生鼓勵的初衷，打破菁英優先的校園潛規則。

演講中，我笑談時，眼中隱隱欲淚。原來世界雖已來到二十一世紀，我們奮戰了許久，人生並沒有改變什麼，二十世紀的教育偏見與沉痾依然如故。演講結束，校長還沾沾自喜跟我說：「大師來了，怎麼是讓體育班的學生去聽講！當然應該讓資優班的同學好好接受薰陶。」我撇過頭，不想正眼看他。

六〇年代後期，世界開始崩塌，然後重建。我窩居戒嚴的台灣，看似寧靜無聲，其實平波之下也蠢蠢欲動。我躲在中文系的保守傳統中，閱讀諸子百家，聽古人說話，周遭聞不到一絲煙硝，我乖巧地坐在教室前排中央的座位，負責跟老師點頭微笑，像個十足的乖學生。其實，人的隱性因子雖然常因威權被深埋，但無法被殲滅。所以，我也常常想起六〇年代剛過後的那個秋日，我們突破傳統，勇敢爭取學生權益的行動奏效，我由是知曉坐而言不如起而行，「行動就是力量」，在全世界都在騷動的年代，西方的主流規範已然被顛覆，我悄悄光著腳丫子漸次走入荊棘，在人生行道上，磨破了腳，走出了血，然後，結痂慢慢退去，形成堅硬的隱形保護殼；中年期後，甚或在不知不覺間長成一隻刺蝟。

內心的野性、狼性和一向受儒家制約的禮教相互衝撞。我深感狼性暴露的不安，但又不願屈服傳統的制約，相當矛盾。我之所以這麼說，是因為在社會議題的論戰中，偶爾會接到讀者對我失望的喟嘆，說他曾經多麼欣賞我早期文章中的溫柔敦厚，「沒想到如今的你變得如此『尖刻銳利』」。我總是這樣回應：「抱歉我無法滿足你對我的不切實際期待。溫柔敦厚是我待人處世的自我期許，但你所謂的『尖刻銳利』往往就是我對制度愛深責切的真心話。」

這些就是六〇年代教會我的事——聲音再是微弱，也是該掙扎著說出來。

——原載二〇一九年七月二十三日《聯合報・副刊》

敢於質疑批判

——恩師潘重規教授教會我的事

成年之後，我就一直待在保守的學院裡，孜孜矻矻研究經典，從事語文教育，跟社會不免略有脫節。中文系特別講求「溫良恭儉讓」的溫柔敦厚倫理，課堂上，重視尊師重道與記誦、傳承，幾乎老師說了算，即使心裡有不同的想法，也少有跟老師相互辯詰的場面出現。我所教書的軍中，更是強調紀律與服從，不讓學生甚至老師問「為什麼」，最好乖乖聽命就好。

當時，每個禮拜四教職員集體在大禮堂上莒光日，我雖然不怎麼認真收視，卻還是聽進了許多。螢光幕裡的人總告訴我們，那些從事反對運動的人「居心叵測」；那些追著萬年國代轎車敲玻璃的人「沒有禮貌」、「造反」，我也不加思索地相信了。

一九九一年，我上博士班，國學大師潘重規教授在我家裡給同學補課。課程結束後，打開電視機，電視上出現立委跳上議事桌扯掉麥克風的畫面，我正想說：「這些人好差勁！把我們的孩子都教壞了。」還沒開口，潘教授說：「若要讓既得利益者釋出手中的利益或權力，沒有用非常的手段是萬萬行不通的。」我瞿然大驚，心裡彷彿有了那麼點什麼東西被啟發了。

屬於潘教授那一輩的中文系老教授，若非身受也曾聽聞白色恐怖之痛，這讓他們充分知曉噤聲的必要；所以，潘教授其實在課堂上是從來不跟我們談論政治的，他身體力行的是學術上質疑與挑戰的精神。但我後來回想起來那個午後，老師這番不經意間逾越他平日尺度的言論，其實才是他人格的自然展現。

在學術研究上，潘教授一輩子不順服，跟無數人打過筆墨官司，無論是多麼崇高地位的學者寫的文章，他一有疑問，就秉筆直書，跟他們打筆戰。最為人所熟知的是《紅樓夢》的作者到底是誰的辯證。在學術界幾乎一面倒地跟隨胡適先生的觀點，認定作者是曹雪芹；幾乎只有他跟蔡元培站在同一陣線，頑強對抗主流，認為這部書是「在悼明之亡、揭清之失」，作意既是反清復明，作者當然不是曹雪芹，而是另有其人。幾十年來，他和胡適及紅學專家們發生無數次的辯論，也寫了好幾本書來闡述他個人的論點。

在課堂上，他理直氣壯跟我們談論這段公案，他舉出許多的線索證明《紅樓夢》是一部運用隱語書寫亡國隱痛的隱書，好像每個例證都說得很通透。我們聽著、聽著，幾乎都被說服了；但一走出教室，學界也好，一般人更是，人人都說是「曹雪芹的《紅樓夢》」，我們變得進退失據，莫知所歸。

雖然如此，但潘老師「自反而縮，雖千萬人，吾往矣。」的理直氣壯，卻深深撼動了我。他好學深思，絕不人云亦云。他研究《敦煌學》、《紅樓夢》、《聲韻學》，寫作無數論文。一次，下課閒聊，他逸興遄飛地跟我們談論他正研究的《龍龕手記》論文。《龍龕手記》坊間並不常見，我們好奇問他：「老師，我們都找不到研究題目，你是怎麼找到這樣一本冷僻的書來研究的？」老師笑著說：「要看書啊！」我們聽了，都慚愧地低下頭。是啊！就是因為書本看得不夠多，所以才找不到可以研究的題目。就好像我在教書時，每回問學生有沒有問題，學生不是低頭，就是說：「沒有。」沒有問題才是大問題，沒有閱讀，或者閱讀後生吞活剝，不加思考，看似沒有問題，其實是不知問題之所在，問題最大。

潘教授還告訴我們：「做學問要在不疑處有疑。」他舉明代嶺南學派大家陳獻章所說：「學貴知疑，小疑有小進，大疑有大進，疑者覺悟之機也。」只有敢於質疑，重新審視固有的定論，好好叩問一下「為什麼」，學問才會有進境。

聽了這番言論，我回家想了好久，做學問如此，處世又何嘗不是這樣。於是，我逐漸觀察所處的環境，進而思考起來。那些年，我認真埋首寫論文，幾乎每年都拿到國科會的獎助；上課的評鑑成績也相當不錯；學校又年年仰仗我幫忙撰寫各式各樣文宣和長官講詞、文告，服務成績當然沒問題，卻始終無法拿到升等的「門票」——佔缺。系裡只要一開缺，就開始改變佔缺規則，主管的政戰主任甚至找我去密室協商。攤開好幾張上級長官的八行書，要我體諒他的難處：「你看我這壓力有多大，今年你就讓讓他吧。」每年的「他」都是不同的同事。讓了之後，「他」幾乎都寫不出論文，十幾年來，我就這樣蹉跎下去。後來，實在說不過去了，學校乾脆開特例，恩准我先把論文送到教育部審查，不過，有但書：「如果教育部通過了副教授升等，你在學校裡還是只能領講師薪水。」就這樣，我很快得了教育部核發的副教授證書，卻還持續領了近兩年的講師薪水。雖然感到萬分委屈，我卻只是乖乖就範，不敢有異辭。

潘教授要我們勇於質疑的聲音逐漸隨著歲月飛逝而在腦海裡壯大，終於在一個關鍵時刻爆發。一九九六年，中央大學和台大的教授一起組團去南京開學術研討會，邀我一起去發表論文。暑假，我向學校申請，學校不假思索，一口回絕，理由是軍人不能赴大陸，但我又不是軍人。當時，我在學校裡跟政戰官請教、舌辯好幾日，不得要領。不知從哪裡來的勇氣，我一通電話直撥到國防部政戰相關單位詢問。

一整個午後，電話轉過來、轉過去，跟十幾人交手。我問：「我非軍人，只是教師，軍中任何機密我一概不知，只負責教書。請告訴我有什麼理由或法條規定我不能去大陸？」那些參謀官反問我：「但又有什麼法條可以讓你去大陸？也請你出示。」我啼笑皆非，這就好比你已經活了大半輩子，卻要你出具活著的證明。天色逐漸轉暗，電話又轉回到最先那位竇上校的手裡。我無奈告訴他：「我決定要投書報紙控訴。」當年，我已在報上發表幾年文章，也出了幾本書。那人聽說我要上報申冤，應該有點緊張，趕緊去通報他的長官。事情峰迴路轉，竟然不到十分鐘，電話捎來准許的訊息。我打蛇隨棍上說：「軍中公文繁瑣，被你們這一糾纏，恐怕等到你們公文旅行過後，屆時都趕不上買機票了。」不知道是這位竇上校神通廣大抑或擁有權柄的上級指示，國防部一通電話到學校，次日我就拿到通行證，結果順利登陸。

這件事真是讓我大為震動！原來，世界的公道不是唾手可得的，理直氣壯地爭取，絕不是一件該慚愧的事。從那之後，我膽子越來越大，不再一逕溫良恭儉讓。我越來越相信這個世界需要有人參與推動公義，只要能力許可，誰都不該袖手旁觀。

一回，家裡附近的法院宿舍改建，單行道的杭州南路，紅磚人行道被圍起來施工，等到塑膠布拆下後，竟然發現施工單位將人行道圈進圍牆內。孩童上學，沿著騎樓走，到宿舍那段，竟然要走到大馬路上與車爭道。我嚇壞了，不敢相信最高檢察署如此霸道。開始回家畫海報，標題：「法務部知法犯法」，將版上監造人劉景義的電話公布，呼籲鄰居注意孩童行的安全，最好打電話去抗議，才能眾志成城。我自己也沒閒著，一個下午打了幾十通電話，逼著主事者不得不出來對話，並派人員前來勘查。最後，這棟大樓又被重新圍起，等幾日後打開，圍牆已然退到人行道後方，我眼淚都掉下來了。

接著，發現外子向某藝術有聲學校租借藝文講座錄音帶，該校向外宣稱是公益單位，免費租借，借去聽的錄音帶只要如期歸還，保證金三千元就會璧還。外子聽了三期講座，錄音帶都照規定奉還，九千元竟然無影無蹤。外子還要繼續租第四期，我覺得這樣的姑息養奸是不對的，立刻加以阻止。經過一番電話及現場折衝，原本他們還虛辭狡辯，藉故拖延；後來眼看我不肯善罷干休，只好訕訕然退費。但我還是警告他們：「做公益要誠實，不要掛羊頭賣狗肉。除了還錢給我們之外，其他的人也該比照辦理。我會持續監督，不是把我打發了就行。」但我後來去學校或文化中心演講，談到終身學習理念，還是有好多教師跟我埋怨這個學校，根本是訛詐，保證金有去無回，他們拿著學生的錢買下樓下的屋子開咖啡店。

這些年，接了幾個專欄寫作後，我更專心針砭國事，聲援反對國光石化的建置；在太陽花運動時勇敢上台鼓勵學生；支持婚姻平權法案、參與反課綱微調，不計個人得失，支持年金改革；到偏鄉義講，和語文教育的老師切磋教學方法；督責公家單位的老大卸責毛病；當然也撰文鼓勵優秀努力的公務人員並報導社會角落動人的風景。除此之外，還夜夜伏案寫作臉書貼文，希冀溫暖的文字能稍稍有移風易俗之功。

有時想想：經過大半生的努力，我過著退休後的好日子，有屋、有車、有子、有孫，應該可以自在生活；但我也知道，若沒有努力督責，不但我的兒女、孫輩將來日子不好過，我今生的努力也許也將泡湯。無論如何，如今身為職業作家的我，不想只躲在書房裡用著華麗的辭藻設想或編造人生，或慶幸終身俸保障了我的餘生；我得用腳站立在真實的生活裡，深切感受吃苦的人過著什麼樣的生活，並將心比心。只有幸福的人也一起下去努力，才能得到長久的幸福。

每個時代都不乏傳統迂闊勢力的存在，看似牢不可拔，因為潘老師鍥而不捨的質疑批判身影在前示範，我開始相信：不合理的制度終將輸給溫柔而堅定的毅力。我曾在軍中巨大的謊言機器裡待過十九年，脫身出來後，向前瞻望並回頭審視，除了欽敬先知先覺、慚愧自己後知後覺外，也慶幸總算沒有不知不覺。於是，從事文學教學工作，我逐漸從文字的斟酌、情節的鋪陳、結構的設計中轉向思考的重要。文學，不管是閱讀或寫作，都是在某種程度上協助我們建構人生，它需要有質疑的精神，反抗的力道，還有讓所有的人，無論貴賤賢愚都要過得幸福的社會焦慮，這是我在潘老師的課堂上學會的事。

——原載二〇一九年九月《鹽分地帶文學》八十二期

穿一隻靴子的老虎

有些失敗和成功是難以拆解的。年輕時，我談戀愛失敗，後來憤而率性找人結婚，居然意外成就了美好婚姻；擔任教職時，每每為了升等不公而抑鬱，但走著、走著，也逐漸上了軌道，人生好像也沒有想像中的痛苦或艱難。說起來有些老套，但我有時甚至覺得所有的成功都肇因於失敗。「失敗為成功之母」這句老掉牙的話原來是真的。所以，講到失敗的經驗，我真的有一大籮筐，但真正失敗到底、毫無建樹且印象深刻的，就數一件讓我非常傷心又束手無策的陳年舊事了。

約莫十餘年前，一位曾經是我導生班的學生M忽然來跟我訴苦，說他在學校社團裡用力甚勤，卻在社長的選戰中落敗，覺得非常失望。他憤恨地指責：「他們竟然都不選我，選出個笨蛋。」我問他怎麼會知道自己比當選人聰明？他理直氣壯地說：「那人根本什麼都不懂，而且我很認真在社團中服務，只有我有能力當社長。他們太無知了，選出來傻蛋的那群學弟妹當然腦袋也都大有問題。」我看他情緒不穩，不想火上添油，就順著他的話往下說：「你這樣口出惡言，人家怎麼會選你！真正聰明的人，要先學會跟不夠聰明的人相處。謙虛才會得人望。」他說該怎麼樣就該怎麼樣，才不跟愚笨的人妥協。我退而求其次，婉轉開解他：「既然你這麼聰明，就算不當社長，應該也可以在社團裡做出一些成績。社長沒啥了不起，不當也罷。」他不聽我的，堅決認為這是個天大的錯誤，無法容忍；最後，我甚至順著他的性子勸導他：「既然這些人這麼不上道，我們就退出社團，不要跟他們瞎混了，浪費時間。」他這樣也不要，那樣也不行，反正就是堅持社長非他莫屬，沒有妥協的可能。雖然不聽勸，卻還是禮數周到地鞠躬走了。

接下來的一段時間內，我又輾轉聽說了他越來越離譜的激越行為。譬如，偷偷潛入同社團同學的房間，偷竊社團資料；尾隨輔導他的女教師，甚至變裝到某連鎖店攻擊同社團的女同學，在她頭上塗抹強力膠。我嚇了一跳，在我印象中，這位同學一直都是彬彬有禮的，我驚訝他怎麼變得如此固執、彆扭。

就在我聽說了他那些違常行為後沒幾天，他又來了。神情詭異，似笑非笑跟我說：「老師，最近有三個有關於我的謠言。」我不動聲色，等他主動告訴我。他說：「第一個謠言說我不認真，所以才沒考上研究所。」我說：「考不考得上研究所原因很多，有時運氣也很重要。如果別人冤枉了你，你也不必太在意。隨他們說去吧！命運是自己的，不干別人的事。」他繼續透露：「第二個謠言說我攻擊合唱團學妹，現在教官在追我。」我問他：「那你到底有沒有做？男子漢大丈夫要敢做敢當。」他倒有趣，回我：「我沒有！老師放心！即使是我做的，我也不會留下任何痕跡的。」說完，彷彿警覺到自己失言，洩了底，他趕緊顧左右而言他。「第三是謠傳我喜歡S老師。老師！你相信嗎？」S老師就是輔導他的女老師。我說：「我相信啊！男未婚、女未嫁，S老師人好、又漂亮，連我都喜歡，有什麼好奇怪的。正正當當的喜歡，或因為好奇，想偷偷看看她或跟她交往的男友，都很正常，沒什麼見不得人，老實承認就好了。但是，若對方表示沒意願，就不該強求或隨意跟蹤。不是這樣嗎？」他低下頭，沒說話，我不知道他到底聽進去了沒有。

我想他的行為已引起公憤，有點走投無路。所以，沒過幾天，他又進來跟我重複訴說他的諸多委屈，他請求我去學校輔導單位幫他背書，一直跟我磨到天都黑了。我只好答應他，會找機會去跟教官了解一下狀況。我關了燈，拎著包包離開研究室。他一路跟隨到地下室的停車場，隨後跟我恭敬地鞠躬道再見。車道很窄，我前前後後向前退後了幾次，猶然不放心，請他幫我看看能否避過左前方的大樑柱。他察看了一下，告訴我：「老師！過不了的，請往後再退一些。」我遵囑後退，再前行，終於安全地從狹隘的停車格裡開出車子。他依然肅立一旁，我招手示意他向前，語重心長地朝他說：

「人生恐怕也是跟開車一樣的。有時候得後退一些再前行，才不會搞得傷痕累累！」我不能確知他聽懂我的弦外之音否。

次日，我特地抽空去跟教官溝通，才知事態嚴重。他不時鬼鬼祟祟尾隨，已經讓溫柔且受過嚴格輔導諮商訓練的S老師情緒潰堤，開始去看心理醫生；教官跟我說話時，也忍不住痛哭流涕。我開始意識到這是一件無比棘手的事，但是並沒有氣餒；我一方面不信溫柔喚不回，一方面也憐惜他從小父母離異，隔代教養，唯一照顧他的阿嬤謀生都來不及，應該是哪個環節失了照護，以致產生對人生失望的後遺症。可是，當年我意氣風發，認為天下哪會有無法解決的問題！只要有愛，應該無堅不摧。

那些年，我每年擔任不同班級的導師，知道學生窮，吃不起好吃的，每學期都把導師費用拿出來請全班學生吃頓牛排餐或日式豬排解饞。那年，雖然已不是他的導師了，為了安撫他自認受創的心靈，我還帶著他去跟學弟妹一起吃飯。我幾乎是放下滿堂的導生，跟他坐一起，專門陪他說話。他說著、說著，眼裡都是淚，但其實都是糾纏在同個問題上，怎麼也繞不出來。

我看著眼前學弟妹們歡樂地相互聊天，再轉眼看他，焦慮纏繞，不免有點感傷。稍一閃神，感覺他忽然停下來，眼神溫柔地凝視著我：「老師，您可以當我的母親嗎？」我心裡一驚，一剎那間，不知如何回答。停頓了一下後，才心虛地回說：「當母子靠血緣，能成為師生靠緣分。我不覺得當你的母親會比當你的老師更加親近。與其當你的媽媽，我更喜歡當你的老師哪。」他看起來頗為失望，但我不希望造成他不切實際的期待，沒答應他，但心下慘怛，無比內疚。

他依然沒有放棄追蹤S老師，接續下來，他開始要求我幫忙關說，讓他有機會在校內工讀賺些生活費。他居然還天真地寄望我：「請你不但要讓他們知道我有工讀的需求，還要幫我遊說他們，讓我去S老師的學輔處打工。不只是經濟因素，她們那裡的氣氛顯得很好。」我生氣地撇過頭去，恨他唯我獨尊，自己把結打得越來越死，不理他。

日子一天天過去，他的花樣一天天翻新出奇。曾拿整桶的水，連筒帶水從三樓往下潑，把路過的同學砸得頭破血流；還把別人機車鑰匙孔灌入強力膠；社團在校外表演時，他去鬧場，真是誇張無極限。被害學生氣憤填膺，有人因為害怕，不敢來上課；學弟妹生氣學校拿他沒轍；輔導單位束手無策，其他老師也開始不耐煩了；而S老師甚至壯士斷腕，放棄難得的大學教職、另謀出路，並遷居他處，以防糾纏不清。這是我第一次聽到輔導老師輔導學生到丟盔卸甲、落荒而逃的境地。

暑假的某一天，我忽然被告知，M竟被抓了，並移送到北投國軍醫院就醫。我嚇了一跳，一時反應不過來。接著，很快接到他的求救電話說：「我沒病啊！是被警察抓來的。老師！救我！我做了很多事，他們到底是用哪件事抓我？」我聽到他焦躁不安的哭聲，隱隱知道他真的生病了，不管生理或心理都出了問題。

天氣好熱！我的母親在故鄉也病了，我把母親接到台北養病。屋子裡，冷氣呼呼吹著。電話那頭哭聲嗚嗚，我一直安慰他：「你病了，乖乖聽醫生的話吃藥，很快就可以出來。」他邊哭邊說：「我無預警被抓來，這裡連一件換洗的衣服都沒有。」這倒提醒了我，我趕緊收拾了幾件兒子的外衣外褲，臨時買了幾件汗衫內褲，由外子開車陪著前去探望他。

北投國軍醫院似乎是個專門治療精神失能的醫院，戒備森嚴。我抓著外子的手，行過一群又一群表情冷漠、雙眼無神的病患身邊，憑良心說，心裡有點害怕。終於在醫院深處看到他。他看到我，笑了，開始忘記身在醫院的悲傷，只顧著跟我炫耀他如何準備考試，如何在研究所考試的進修團體裡輔導學弟妹。最後，他問我：「可不可以請系裡其他的老師來看我？」「請哪位？」「我知道B教授是不會來看我的。」他很自覺地放棄了系裡的某位教授，事後證明他還是神智清楚的，那位他所說的B教授行事風格颯爽，不耐煩這樣的婆婆媽媽，認為他活該，關一關是對的。

那年的夏天似乎格外的燠熱，他從醫院裡不停地打電話給我。我總是耐下性子回應他：「好！下次去看你的時候帶電話卡給你。」「你先聽醫生的話，我才去接你出來。」「人生本來就很難……」我在書房叨叨絮絮地說著，母親在隔鄰的客廳聲聲入耳，忽然不耐煩了，就在我放下電話的那刻，發現她顫巍巍杵在書房門口，傾盡生命之力似地罵我：「伊起痟，你綴（隨）伊掠狂（抓狂）。電話都接袂了矣，你猶欲送伊電話卡！你老母都欲死矣，你猶咧管伊。伊需要的，毋是你，是醫生啦。」我嚇了一跳，婉言跟母親解釋：「若連我都毋肯睬伊，猶有什人會管伊。電話內底，予伊講一寡仔話，無定著會當予伊較早好起來。」

M的功課其實是不錯的，出院後，他考上了本校的研究所，師生同時都嚇了一跳；同時間，他也考上另一所學校的研究所；老師都齊聲勸他去念別的學校，說是「轉益多師才能開闊眼界」，像燙手山芋般把他送出校門。他也很厲害，到別的學校分別念了碩士、博士，而且越考越好，從私立到國立，一路長驅直入。可是他每換一次學校，就讓就讀的學校輔導室跟同學傷透腦筋，讓跟他相處的師生疲於奔命。

我記得他上碩士班時，我應邀到他正就讀的學校去訪視，他還喜孜孜地自告奮勇代表研究生接受我的訪查。他仍跟以往一樣，興奮地談著他寫的論文，還送給我一份抽印本，囑咐我：「老師，妳可以拿回去看看，我的理論基礎很強的，那些不學無術的人，誰能跟我比。」這是我最後一次看到他，我以為他的狀況好多了，誰知大謬不然。我從網路消息得知他的一篇論文被博班學姊審查，沒通過，他憤而廣發電子郵件侮辱、恐嚇人家，被提告，法官依公然侮辱等六罪，判決拘役一百一十五天、得易科罰金。我萬分同情被騷擾的學姊，但也為他扼腕，怎麼就是那麼想不開。

他上博士班時，我在網路上不小心看到他竟自稱「C大哲學之狼」，散發電子郵件騷擾學妹，正擔心他越走越荒僻、歪斜，不知人生將伊於胡底。一天早晨，竟真的在報紙的一個小角落看到他因跟蹤、搞破壞、衝撞、威脅……沒完沒了，被退學了。我拿著報紙忍不住掉下淚來，從此也和他失去了聯絡。

我常常無端聯想起唐代的一則變形小說〈范端〉，故事寫原本受到長官倚重的里正范端，不知怎的，官做久了，竟然逐漸變為一隻老虎，夥同其他的老虎在村子裡偷吃人家的豬羊。黃昏時分，同夥的野虎還常到村子外號叫，好像在招喚他。村裡的人決定乾脆殺了他。范端在母親勸導下，只好哭著辭別。幾天後，村人偶然看到三隻老虎出現，很奇怪的是其中一隻的腳還還穿著靴子。他的母親聽說了，心裡有數。在山裡苦苦找尋，終於找到這隻左後腳還穿著靴子的老虎。

母親看到兒子變成這樣，不禁悲從中來。老虎向前就著母親，閉著眼睛趴臥母親膝蓋上。媽媽含著眼淚幫他脫掉靴子，發現那隻左後腳居然還保持著人腳的模樣，媽媽抱著他的腳哭了好久、好久，才依依不捨地離開。

後來，村子裡的人常常看到這些老虎。一回，有一個人還試著喊：「范里正！」其他兩隻老虎都嚇跑了，剩下的那隻回頭看了一眼，瞬間露出極為悲傷的表情。從那之後，連這隻老虎也失去了蹤跡。

M總是讓我想起故事裡的范端。反社會人格使他們很難控制自己，常常為了某些小事興起攻擊他人的念頭。我猜想，或許他們偶爾也會回想起這世界上少數給過他愛的人吧？我查過資料，這種人格違常病症，好發於十八歲左右。就在M約莫十八、九歲時，我眼睜睜看著他從溫文的學生，掙脫皮囊，露出傷人的虎性，卻束手無策，不知到底該如何為他穿靴還足？抑或乾脆幫他脫靴放逐。唐代的這則志怪故事，鏡照出古今一同的、無解的人性議題。

時隔多年，我還是常常失神地想著：如果我們當中又出現類似的先天或後天的特異之人，到底該怎麼辦才能幫幫他們呢？

——原載二〇一八年九月二十八日《聯合報・副刊》

這樣的老派紳士哪裡找？

我已然去過多次人權館，但每回去開會的前一晚，總得請教Google大神。神奇的是，每回得到的指示都不同，苦心孤詣想找前次的路線多半不可得，造成我很大的困擾。困擾來自過往經驗中所顯示的低能，這種一般人覺得容易的日常行為，於我而言，往往形成極度的困惑。我強烈希冀有固定的路線，卻常常忘了記誦下來。Google顯然喜歡翻新，每隔一段時間去請教它，它都丟給我一條新的路線。這總讓我相當忐忑不安，我對方位地理的轉換真的很無力，很怕稍一差池，便要搭錯車、走錯路，讓別人乾等待。

前幾天，又到人權館開會。這次Google沒讓我搭捷運，它轉而指示我搭公車到信義敦化路口，接著轉九〇五路公車，在莊敬中學下車。我欣喜若狂，時間減省，路線簡單。所謂簡單是熟悉信義路的直行公車，因為有一段時間，我頻繁搭乘去信義敦化路口附近錄音室；而莊敬中學就緊鄰著人權館。果然一路順風，毫無窒礙。

我決定將這條路線牢牢記住，在腦海中釘住不放。因為曾經聽一起開會的蔡焜霖委員提及他就是搭九〇五公車前來；於是，會議結束後，我就虛心請教他應該在何處搭乘九〇五公車回去？焜霖先生是外子的堂哥，一聽我的提問，立刻跟我道歉：「啊！我應該早就跟妳主動說明的，竟然還要妳來問我，真不好意思。」啊！這樣反求諸己的老派紳士哪裡找？他接著仔細解說，但我對附近的路名完全沒有概念，說歸說，仍舊一頭霧水；他想是看到我猶然一臉茫然，很體貼地說：「這樣說，真的很難讓人明白，還是讓我帶你去一趟吧。」我心裡讚嘆：「啊！如此細心為對方的愚笨解套的老派紳士應該是絕無僅有了吧？」

原本仍埋首卷宗的他，即刻放下手邊的資料起身。我看他兩手空空沒帶上包包，一問，原來他還有其他正事待辦，並不是要馬上回家；他不是要帶我一起去搭車，而是專程陪我去走一趟，找到候車亭，他再回人權館。我馬上想到的是：「這樣不厭其煩的老派紳士應該被奉為嚴重保護的珍稀動物了。」

蔡焜霖堂哥出生於一九三〇，如今高壽八十七。雖然身體狀況看來還OK，但明顯有一隻腳稍跛，拖著走，我怎麼可以為這麼小的事折騰他？但他意志堅定，我攔不住，只好恭謹地讓他陪走一趟，他用樂觀的理由減輕我的罪惡感：「外頭天氣這麼好，就當我出來散散步、看看太陽。」我又在心裡OS：「這樣溫柔體貼的老派紳士已然快絕跡了啊！」

我們從人權館的後門繞出，彎彎曲曲的，終於走到中正路。剛好紅燈亮起，他指著對面的公車站，說：「就是那邊，我們在這兒等綠燈。」我趕緊告訴他，「不用走過去，我已明確知道了。現在換我送您回去。」他謙辭，但這回換我堅持：「我喜歡十八相送。」他笑了。

一路上，我發現我們兩人似乎用盡心機地進行著卡位戰。我疼惜他老人家，希望讓他走在較安全的路邊，怕他一不小心被轎車、機車或腳踏車擦撞就糟了；但我警覺到他的意志及行動力都比我更為堅強，無論我如何刻意卡位都是徒然。他高大的身影永遠有辦法不落痕跡地挪移到車行的那一邊，我幾經努力，卻怎麼也搶不到保護者的位置與高度。他是如此自然又專心地一路執行著老派紳士的護佑女性任務，不因年高而拿翹或敷衍。

我們仍走來時路進後門。每回到人權館開會總是來去匆促，無暇細看。那天陽光耀眼，綠樹蒼勁，我注意到左邊的建築上方圈滿帶刺的鐵絲網，焜霖堂哥想是看到我眼中一閃而過的疑惑，他傷感地跟我解釋：「左邊這幢建築原先就是監獄，林義雄先生先前就被關在這裡。」他用手指了道路左前方的一道門說：「那年，林先生的母親和妹妹前一天來此探監，就是從那個門進去。次日，林義雄先生家裡就發生滅門血案，他的母親和妹妹從此和他永

家人出席堂哥紀錄片發表會。右起：外子、堂哥蔡焜霖、堂嫂、我、兒子。

別。」我一下子愣住，一時不知該如何應答。從報紙上看到的新聞，固然驚悚殘酷，但多年後的今日順著前輩的手指看過去，歷史似乎被具體地攤展在陽光下，我不經意間和它邂逅，感覺正踩踏著受害人悲傷的血跡前行著。

春光明媚，微風招得枝葉款擺。我偏頭看堂兄眉頭輕蹙著說：「這樣美好的景致，陽光溫煦，這裡彷彿是個專門供人遊賞怡情的公園，殊不知當年有多少的傷心事在此地發生，妻離子散。它不止於供人休憩的公園，它應該是讓人來認識歷史、記取教訓的所在。我真希望有更多人能走過來看看，並認識它，也期盼有更多厲害的志工投入解說。」

聽到這裡，我差一點哭出來，驀然想起多少年前，無意中在聯副上看到焜霖堂哥寫的〈青春的墓碑〉，當時內心的悸動與感慨，讓我激動莫名；後來才知道，他原來是外子的堂哥。文章寫他在台中一中高中畢業後進入鎮公所打工，因唸書時參與讀書會，被誣指涉及參加叛亂組織，成為第一批送到綠島服刑的政治犯，共服刑十年。那樣荒唐的年代，可以因為愛國、愛讀書而慘遭羅織罪名，他是典型的白色恐怖受難者。

他原本只是一個懷抱著青春的愛戀並喜歡唱歌的男孩，卻無端葬送了十年的青春，這是何等冤屈的恨事！尤其跟他要好的獄友蔡炳紅，因傳字條給同為政治犯的女學生而被判死刑一事，讓他深受打擊；出獄後，又赫然發現父親早在他入獄後一年便去世。這重重的兩擊，堪稱是他一輩子的痛。我從他的書寫、外子的口中和其後拍攝的紀錄片裡，得知他受的苦，看到他流的淚，感受他的深沉哀傷。在接受訪談時，他曾經語重心長地說：「當時整個國家機構以最嚴苛的軍法追殺年輕的孩子，這些孩子的人生才剛剛要開始，對愛、對夢想的追求正要起步，就都被槍殺了。這些失去心肝寶貝的父母在家裡哭泣、昏厥、發瘋，我們希望這樣的情形不要再來。」他指的人家的心肝寶貝，不也正是他自己？猶有甚者，他不但在獄中受折磨；出獄後，也像許多的白色恐怖受難者一樣，被跟監、被留難，所創立的《王子雜誌》甚至一度遭遇停刊的命運。他雖把那樣的創傷視作磨練，但談到已逝的獄友，仍數度哽咽，令人鼻酸。

然而，人生遭受這麼大變故的他，個性不但沒有因此扭曲，甚至還能保持溫暖、善良與醇厚的質地。他不只念念不忘當年在他人生遭逢谷底時，拉他一把、給他向上動力的國泰企業蔡萬春先生、國華廣告許炳棠先生；還將心頭之痛化作助人的動力。在服刑過後，憑著過人的求知慾學會了多種語言；憑著毅力克服諸多可惡的留難；他創辦了《王子雜誌》陪伴四、五年級的孩童度過寂寞的童年；憑著個性上的溫暖善良與溫柔敦厚，出錢出力協助台東紅葉少棒小將北上參賽，創造了「紅葉傳奇」，在棒球史上締造輝煌的一章。

如今，就是我看到的八十七歲的老派紳士了。謙虛、有禮、體貼，勇於為歷史的錯誤做見證。他不辭勞苦，奔波在各項還原歷史真相的工作中，提供自身經驗，為我們解惑爬梳。在每一次開會審查的場合裡，總看見他的認真執著。他每每在厚厚一疊的審查報告中，寫滿修正文字、夾滿做記號的紙條；他謙抑的言論裡，雖滿是創傷，卻一逕慈和。每回開會坐在他身邊，看著他翻閱做滿注記的報告書、循著他低沉的言語重回傷痕累累的現場，我總不自禁萌生敬意而自省，誓言絕不能在任何工作中有所懈怠。他讓我見識老派紳士的溫柔和強韌，我們深深以身為他的弟妹為榮。

蔡焜霖：〈青春的墓碑〉。台北市：聯合報聯合副刊，一九九九年七月八日至七月十二日。

——原載二〇一八年六月七日《聯合報．副刊》

親炙大師的丰采

《未央歌》在台灣出版那年，我上高中，正為聯考所困，偷看課外書的行動更加熾烈。每日黃昏下課後，到中央書局，像看連載小說一樣，站著將《未央歌》六百多頁的小說分幾日看完，對小說裡西南聯大那群單純熱情的學生所展現的青春和夢想，簡直神往極了。立刻引為人生最愛，並省吃儉用買了一本，日日翻閱。其後的好些年，閱讀《未央歌》在校園間蔚為風潮，無論是否是文青，幾乎人手一冊。次年，我終於也成了大學生，外雙溪畔的日子，卻迥異於鹿橋所寫的大學生活，浪漫的文化想像崩毀，不免萬分悵然。

大三那年，我參加救國團所舉辦的《全國編輯人研習會》，為營隊主任瘂弦先生網羅進《幼獅文藝》擔任兼任編輯。大四（一九七二年）即將畢業的四月，《未央歌》作者鹿橋回台宣傳他的另一本書《懺情錄》。正巧主編瘂弦有書要送給他，我知道後，基於對作者的傾慕，主動請命前往，於是和另一位編輯黃力智合力帶了一落書去他下榻的國賓飯店。

那時，我初出茅廬，還是個害羞的小姑娘，想到可以面見偶像，既興奮又緊張。沒料到鹿橋先生不但溫文儒雅、相貌堂堂，還非常親切。儘管如此，我在他的房間內逗留的約莫一、二十分鐘內，還是緊張到牙齒打顫，手心出汗。

當鹿橋先生知道我是東吳的學生後，立刻問我可認識住在東吳校內「素書樓」的錢穆先生？我說：「我自然是認得他的，只是他不認得我。我常常看見他們夫妻二人相偕走過校園，一路散步到故宮。……一回，我看見素書樓大門敞開，還和同學偷偷潛進大門旁的聖誕樹邊照了張照片，想沾沾大師的光。」他聽說之後，調皮問我：「那妳想讓他認得妳或進到素書樓去跟他聊聊嗎？」我當然歡喜不迭，連連點頭。

鹿橋先生隨即回身打開置放一旁的大口行李箱，翻啊翻的，找到一張照片遞給我。我取過一看，是錢穆夫婦與他的合照。他解釋：「這張照片是錢先生夫婦到我美國家中所攝，一直沒有機會拿給他；妳就拿這張照片權充通行證，去看看他吧；也順便幫我問候一下，說我此行匆忙，未必抽得出時間去拜訪他。」

回學校後，我雖迫不及待想直探虎穴，卻仍在宿舍裡反覆思量了幾日，一直摹擬、思索現場應對之道。去面見心儀的大師，該說些什麼才不見淺薄、該如何應對才能不失禮、不失態，我因此緊張到連睡覺都不安穩。

後來，我決定找位同學壯膽，連袂前往。按了電鈴後，緊接著狗吠連連。在狗吠聲中，我報上鹿橋先生名號，門開後，感覺群狗爭出，吠聲更大，我嚇得進退不得。接著傳出安撫狗叫的女聲，想是夫人出來了。

那夜，月亮又圓又大，我們穿過園子進到客廳，錢先生已安坐等候。我忘了如何慌亂地自我介紹，只記得錢先生開口後，我瞬間變成啞子。他一口濃重的蘇州話，我真的沒能聽懂幾句，所以只能把所有的句子都當成是非題來答，而且不分青紅皂白答以肯定的點頭。錢先生也是客氣的，但沒能突破語言障礙的我，實在緊張，一杯茶沒喝完，就慌慌告辭。

雖然在室內如此畏縮、膽小，上不了檯面；但出得大師的門外，仰望滿天星斗，忽然感覺彷彿也沾染了一身的文氣，隨即昂首闊步起來。我不再抱恨沒能過著《未央歌》西南聯大學生一樣浪漫的生活了；因緣際會下，藉由《未央歌》一書的引介，我偶然地在幾天之內連續親炙了這兩位文學及國學大師，油然而生「高人一等」的感覺，連走路都有風了。

——原載二〇一七年三月一日《聯合報・副刊》

留下一支熨斗的錢穆故居

多年前的春日午後，我在母校東吳授課。學校正大興土木，全天候轟隆、轟隆地，我幾乎喊破了嗓子，也難跟各式器械嘈雜的聲音爭鋒。學生鬧著要去外頭走走、曬曬太陽。也真是個春光明媚的日子，難敵陽光的誘惑，師生馬上取得共識。

從教室出走的一干人，拾階而下，往校門口反方向行去，看到錢穆故居就在陽光掩映的那方。當時，錢穆先生剛搬離。門，虛掩著。對大師的景仰連同偷窺的好奇，同學被撩撥得忽忽若狂，情緒實在高漲。

於是，輕輕推開大門。客廳裡，斑駁的竹影在窗玻璃上輕輕搖晃。大夥兒不自覺的輕聲細語，一副唯恐驚擾大師午睡的躡手躡腳。屋子看來已然搬運完成，只剩了四壁書櫃上幾本殘卷。讓人印象深刻的是起居室裡橫擺著一張燙衣板，上頭還立著一支熨斗。我偷偷試了溫度，想到大師倉皇離家的窘狀，感覺熨斗彷彿仍有餘溫，就像大師穿上師母剛燙好的長衫，兩人攜手辭家，連熨斗都來不及收拾。

我們低頭憑弔《素書樓》人去樓空，一時，竟都不知說些什麼，只有魚貫俛首靜靜離開。

附註：一九八九年，時任立法委員的陳水扁和台北市議員周伯倫質詢政府財產遭錢穆不當佔用，要求錢穆遷居，改設紀念館。為了避嫌，錢穆於一九九〇年五月主動遷出素書樓，另覓居所，引起輿論撻伐。

——原載二〇一一年十二月二十八日《中國時報・人間副刊》

街角一處燈光明亮

台中的中央書局創立於一九二七年，其間幾經更迭，經歷過一段低潮，一九五〇年又在當時的中正路九十一號重起爐灶，我則是一九五〇年的新生兒。我的新生正是中央書局的重生，私心裡，我一直對這等奇妙的因緣感到無比興奮，因為日治時代中央書局可說是台灣南北文化人士重要聚會據點，以及新思潮的傳播驛站；其後，更成為中部高中、大專文青的寶庫，幾乎擔負著智識啟蒙的任務。

我跟中央書局的結緣，肇因於小學五年級從潭子轉學到台中師範附小。轉學第一天，母親領著我進繁華城市，一路叮嚀搭車及行走的路線，要我下課後自行循來時路回家。放學後，在陌生的街道上獨自摸索至天黑。衝過來、跑過去的，意外發現街角一處燈光明亮，我走了進去，意外邂逅重要的地標——中央書局。我赫然發現，裡頭有好多書，像魔幻仙境般，讓人目眩神移。惶恐中的小小驚喜，我把這地點牢牢記下。

其實，從小二開始，我就偷看母親在小鎮租書店裡租來的愛情小說；自從小五邂逅中央書局而眼界大開，它就像一口取之不盡的井水，洗滌我年少痴狂時期莫名的憤懣與不安。我一得空就去看免費書，從小五一直看到高中畢業，甚至到上了大學後的寒暑假。我在都會貴族小學裡飽嘗被孤立的滋味；初中時受困分解因式的鬱卒、高中時偷偷暗戀男老師的煩惱，都因之得到稍稍的安頓。那時，總覺白日度日如年，放學後的黃昏似乎過得特別的迅疾。

前些年，閱讀齊邦媛教授出版的《巨流河》，齊老師回憶她年幼時，曾因罹患嚴重肺病被送去離城二十里的療養院治療。孤單的一年裡，她把讀書當成唯一的消遣，漸漸成了終身的興趣。我看到這裡，不禁感同身受地拍案叫絕。齊老師因為生理的疾病，環境的局限而向書本靠攏；我因心理的創傷，被排擠的人際及永遠算不出來的分解因式而藉文學書止痛療傷。真實世界裡的朋友可能讓你傷心，書本不會；而這些陪我度過難熬時光的書，大部分來自中央書局，我得多麼感謝它。

我還隱約記得，大嫂在我國小六年級時嫁到我家，為籠絡小姑吧？曾從中央書局買了一本《小婦人》送我。對當時的我而言是非常珍貴的禮物。我每天帶進帶出，反覆看了不下十次，唯恐弄髒，還細心包上書皮。沒料到，幾個月後，大嫂居然反悔，另外買了文房四寶來，說是要換回那本我最愛的西洋小說。她的說辭是：「這本《小婦人》我實在太愛了，想保留起來。我給妳買了更實用而且更貴的筆、墨、紙、硯，也是在中央書局買的，比那本書還要貴哪！這樣，妳上寫字課就不必跟同學借硯台和墨條了。」當時在學校有寫字課，父親買不起硯台，我總是涎著臉，拿著便宜的毛筆，借隔座同學的硯台沾墨汁，有了屬於自己的墨條和硯台，再不必仰人鼻息，讓我大大鬆了口氣。而且，不管什麼書籍或文具，從中央書局買的，就彷彿多了那麼點小文青的虛榮。

除此之外，李翰祥導演的《梁山伯與祝英台》上映時，正當我上國二。女扮男裝的梁山伯風靡全台，黃梅調在里巷間傳唱不歇，我成了凌波的瘋狂粉絲。凌波來台時，全台為之瘋狂：知名教授徐復觀還拿著小旗子上松山機場接機；全台的報紙從第一版到社會版、影劇版，都爭相報導。瘋狂粉絲看了上百場電影不稀奇，但我家貧，只能剪貼報紙上的照片，或不吃午餐，省下飯錢到中央書局文具部去購買凌波的照片。中央書局裡賣的凌波照片巧笑倩兮，展示給同學看時，好不風光。我忍痛購買、蒐集、剪貼了一本又一本，常因沒吃午餐黑著眼圈回家挨揍，但我樂此不疲。凌波讓我魂牽夢縈，那些中央書局裡買來的凌波照片，跟隨著我好幾年，也是我青春的重要印記。

當時，其實沒有太多錢買書，看免費書彷彿成了生活裡的習慣。高二那年，劉克寬老師

重啟運作的中央書局三樓一角，有舒適的座位可供讀者閱讀選書。

在週會上以《人間詞話》所說的人生三境界來詮釋讀書，演說精闢。我靜坐會場，深受感動。放學後，我立刻前往中央書局搜尋，找到一本薄薄的《人間詞話》，書後頭的附錄，羅列了該書提到的所有詩詞，讓我大大驚豔，我忍不住省吃儉用買下它。從那以後，那本在中央書局買到的《人間詞話》，被我當寶貝般地置放床頭，日日溫習，裡頭的詩詞我幾乎能倒背如流了。我開始大量接觸古典詩詞，並沉醉其中。這對日後我積極走上文學之路有極關鍵性的影響，應該是無庸置疑的。

因為中央書局的存在，我養成了一輩子愛看書的習慣。而當年在中央書局看的書，後來都成為我的文學沃土，像冬日裡埋下的種籽，紛紛在春天裡開了花。我在大學教書時，那些早期的作品，大部分我都曾在書局裡看過，我教現當代文學時，遊刃有餘；當我執行國科會計畫案《世界華文文學典藏中心之建立、網路設置暨研究發展計畫》時，那些年邁作家的作品譬如鹿橋的《未央歌》、繁露的《向日葵》、王藍的《藍與黑》、於梨華的《又見棕櫚》、《夢回清河》……都從記憶深處竄出，我去採訪那些老作家時，只需稍加複習，綰合後來的專業訓練，便立刻有了深度。受訪的作家都驚喜地齊聲讚道：「哇！妳真是準備充分，完全不同於一般訪問者的輕率潦草。」我表面謙虛地說「愧不敢當」，其實在心裡驕傲地說：「我可是從小就待在中央書局裡長大的咧！」

而我一直深信的是，不管是母親從租書店租來的言情小說也罷，或青少年時期從中央書局看來的懵懵懂懂的世界經典名著，都對我後來的寫作有著深刻的影響。近日，聽說中央書局重新開張了，我真是欣喜若狂。對成長於台中，又曾經浸淫在中央書局書香中的我而言，這堪稱纏綿繾綣的繫念。這個街角的一處燈光明亮，曾蓄積了我的創作能量，而我，即將告老還鄉，欣幸我出版的書也許也能踏進它的大門，讓今之讀者看到曾被中央書局餔養的作者如何以文字刻畫這個美麗的世界並回饋它當年的燈火召喚。

——二〇一九年十月三十日應「中央書局」之邀所寫

用愛來成就人生的圓滿
——畢業的祝福

名作家王鼎鈞先生曾寫了個故事。有個作家教文盲的太太認字，把要認的字寫在卡紙上，譬如將「電腦」兩個字貼到電腦上，把「手」這個字貼在手臂上，教啊教的，教到了「愛」這個字，一時不知道將愛擱在哪裡，乾脆抱著太太做愛。親熱完畢，太太攏攏凌亂的頭髮說：「我認這麼多字，就數這個『愛』字最麻煩。」

沒錯！人生其實就是一長串尋愛的歷程，學習怎樣自愛？怎樣愛人？如何斟酌愛的重量，讓自己的愛不會變成別人的負擔。值此畢業的季節，除了為畢業生送上祝福，也想來談談情、說說愛。

女兒剛要升上小三的那年夏天，我帶著她到金石堂和一位從英國回來的朋友餐敘。半路上，女兒問我今天請王阿姨是因為她從很遠的地方回來嗎？我說：「不是，是大學畢業後，我和王阿姨一起在系裡擔任助教，當時我談戀愛失敗，人緣也很差，心裡很焦慮。王阿姨曾偷偷在我辦公桌的玻璃墊下塞了一張卡片，卡片上寫著『我不知道怎樣來形容我有多麼喜歡妳。』幾個字，給了我好大的鼓舞、增加了好多的信心，我一直好感謝她。」

見了面，我們大人聊天，女兒下樓去文具部，一會兒，忽然買了一個包裝精美的禮物上樓來，站在王阿姨面前雙手遞過，說：「這是我要送給妳的禮物。」我那位朋友好慚愧，說：「我從英國回來都忘了帶禮物給妳，怎好意思收妳的禮物。」女兒天真地回說：「我送妳禮物不是因為妳從遙遠的英國回來，我送禮物是謝謝妳當年那麼照顧我媽媽。」

憑良心說，我聽了這話，頭皮一陣發麻，當下好震驚。女兒的這番話具有雙重意義：一來是向我示愛，用行動告訴我，她有多愛我；一方面是代替我告訴那位朋友，我有多麼感謝她。這個示愛的舉動讓我們兩個大人瞬間都眼眶發熱，幾年來，因此真的變成最要好的朋友。

這個愛的宣言，猶如天籟，讓我明白將愛說出來有多麼重要。

接著，我要說的是大學即將畢業那年，教我們《曲選》的盧元駿教授，在最後一堂課，語重心長地叮嚀我們：

「各位將來不管從事什麼行業，大家一聽說你是中文系畢業的，一定會交給你一些和中文相關的工作，譬如寫訃文、輓聯，甚至寫信、擬講稿等等；也許你在學校不一定都學過，但你不要怕，都把它接下來，當作是一種考驗，慢慢再從中去學習。不會的，找書幫忙；再不行，老師永遠在這兒做你們的後盾，你們隨時可以來找我！」

然後，他轉身在黑板上寫下他家的電話號碼。

在那個蟬聲引吭的夏日，我們即將步出校園，心中都相當徬徨；聽了老師這一番話，像是吃了定心丸，儘管前途依舊未卜，卻覺得心頭篤定。其後，我走入社會，果然，凡是和中文直接或間接相關連的活兒，不論學過與否，常常被賦予重任。而我總牢牢記住老師的叮嚀，欣然接受。在慢慢琢磨的過程中，果然學得了許多課堂裡未曾學到的新本事；而我必須說，賴以維繫這種信心的根本，就是老師那番懇摯的臨別贈言。我告訴自己，再不濟事，我還可以去向老師尋求援助，雖然，實際上我一次也沒去找過他。

後來，我自己也當了老師。我也學盧老師，向即將畢業的學生做出承諾：永遠做他們的後援；也將手機號碼留在黑板上，希望學生也像我一樣，能因這樣不吝惜的支持而覺得勇氣百倍。

所以說，老師的叮嚀，學生的繫念，它是愛，也是人生中最可貴的資產。

另外，曾經有一位大三的學生，因為覺得某位老師處事不公，負氣地向學校提出退學的申請。身為導師的我，請她到我的工作室聊聊。我苦口婆心勸說、她態度堅定拒絕。說到後來，我們都口乾舌燥，累極了，雙雙陷入沉默。我們避開彼此的眼神，望向窗外。還記得那天藍天上飄著白雲，窗外正蓋著高樓，幾個工人站在豔陽下的鷹架上彎身工作。學生看了，忽然眼眶紅了，近乎喃喃自語說：「我爸爸也是工人，跟他們一樣，在工地上幫人蓋房子。」我說：「很辛苦齁，大熱天還在大太陽下曬著。……」我停了一下，小心翼翼地再次進言說：「妳爸一定好不容易盼到妳念到大三，妳要不要再想想，就剩一年了。」她瞬間淚如雨下，起身要求老師給她一個擁抱。她伏在我的肩上抽抽咽咽跟我說：「老師，我知道該怎麼做了，謝謝老師。」鷹架上一個類似父親的辛苦身影，融化了女兒的執拗。這愛，讓我明白親情有多麼動人的力道，但我們首先得設法看見、用心想到。

去年，我二姊癌症末期，僱用了一名叫做Wii的外籍看護。二姊臨終前的某一晚，陷入昏睡。Wii和我對坐在病房的角落。我和她近距離接觸，一時不知和她說些什麼才好，就問她有沒有隨身帶著她兒子的照片？先生長什麼樣？在昏暗的燈光下，她的眼睛陡然閃亮起來。她飛快取出手機，滑呀滑的，就亮出丈夫和小朋友的相片來。我由衷讚美：「怎麼都長得這麼帥，像王子一樣。」她笑得眼睛都瞇了。我接著問她：「妳到台灣來，小朋友由誰照顧？」

她回說婆婆在家裡開了雜貨舖，順便照顧小孫子。那夜，我們聊開了，她還跟我說起她的夢想——希望拿在台灣賺的錢回印尼去蓋一幢屬於小倆口的房子。她說這話時，整個人煥發出奇異的光彩。

我看著、聽著，忽然覺得慚愧。姊姊病了，到後期已然自顧不暇，而我們一心一意注視著病人的一舉一動，希望Wii好好對待姊姊，教她必須這樣，應該那樣，不可以怎樣！總是著眼於她對姊姊照應是不是夠周全；而她花那麼大的心思照顧我的家人，我卻對她全無所悉，也從沒企圖理解。這個長期對我姊姊悉心照料的人，離鄉背井到台灣來，我們有沒有回報她同等的愛和關懷？

後來我二姊過世了，Wii又被仲介轉介去另外的人家。我在一個午後打電話給她，我說：「等哪天妳放假，我去接妳回來聊聊。」她在電話那頭聲音哽咽，但開心地謝我。很多朋友知道了都阻止我，說：「妳不要跟她連絡了吧，有些雇主對前雇主的關切會感到困擾的。」大家甚至都勸我：「也許讓她安心照顧新雇主才是對她最好的關心吧。」但午夜夢迴，我老揣想著，Wii會不會仍在痴痴等候著我實現半年前的諾言？

這樣的愛，是推己及人的同理心，是對弱勢者的平等對待，無分階級和種族。我們是不是常常忽略了呢？

朋友擔心我對Wii的關愛會給自己帶來麻煩，所以，接著我們就來談因為愛而受傷害的事。前兩個月，一位媒體記者用私訊來徵詢，希望我讓報社轉PO我臉書上的貼文。我婉拒後，她忽然跟我開始推心置腹，她問我能不能給她一點時間吐露心事。她先說因為家事而恍神，要連線的即時新聞，竟然因閃神沒連上；在這之前，也跑丟了幾條重要新聞。她說是憂鬱症纏身，睡不好，老闆已經開始下最後通牒。她問我乾脆壯士斷腕辭職好嗎？但又想到現在人浮於事，或者應該設法硬挺過去？然後左彎右拐的才說到重點，原來深夜難眠真正的關鍵是男友移情別戀，讓她失魂落魄。

我於是跟她分享兩個現實中的案例。一位我的學生，曾在臉書的私訊中歡天喜地報喜，說就要在這個星期日結婚，問我是否有空去吃喜酒？那是禮拜三的事，我在次日飛快宅配禮物過去。不幸的是，她收到禮物的同時，竟然同時也收到未婚夫取消婚禮的反悔訊息，最傷心的是這位可惡的男子居然從此避不見面，留下一個爛攤子。喜帖發了，喜餅、酒席都訂了，她在電話裡大哭，肝腸寸斷。我花了整晚的時間開解她，說幸好及早認清這位男子猶疑反覆的真面目，若嫁了才發現，才真是大麻煩。她沮喪了好些時日，目前還在止痛療傷中。但由她的臉書發文裡，偶而看到她好像也開始能說點笑話了，人生真的沒有過不去的難關，只是過程不免艱難了些。

我還告訴她另一個故事，我的一位晚輩婚後不多久，發現新婚妻子居然紅杏出牆，頓時崩潰。三個月內被憂鬱症襲擊，日日淚眼迷離。半年後，他得了機會申請外調，遠離傷心地；時隔三年，遇到如今的另一半，夫妻胼手胝足努力，婚姻、事業都相當美滿。前幾日他回來探望我，不經意間瞥到昔日前妻的照片，只輕聲喟嘆：「啊！都過了十年了，好快。」這個曾經的禁忌話題，終於在十年後，可以被攤開在陽光下了。

我不是在跟這位記者比賽誰說的故事更悲慘，只是覺得愛情難免帶來傷害，失戀絕不是世界末日。那位記者聽了，才知順利的愛情不是沒有，但艱難有甚於她的，也不在少數。每個人在尋愛的歷程中，或多或少都得接受愛情的試煉，這些試煉如果經過好好反芻、整理，也許所有的失去都會用另一種方式歸來，讓人更成熟，讓我們變得更可愛。

最後，我要引用諾貝爾文學獎得主尤薩在一本《給青年小說家的信》裡說：作家寫作的起點是對現實世界的焦慮，是求全公義的反抗精神。我今天也要拿他的話來期勉諸位未來能經常關心公共議題並用行動支持，絕不要坐視不公不義。

外子看到我深夜常常熬夜撰文批評國是，常告訴我：「妳都忙成這樣了，這件事不必妳瞎操心；妳不做，自然有別人會去做。」我就問他：「別人是誰？別人不就是我？我就是你說的那個『別人』。如果每個人都只期待別人，這社會怎會進步！」我寫專欄指陳教育疏漏，到學校和老師切磋教學策略、到偏鄉去義講，用我的專業來回饋社會。我真心盼望各位將來在經營婚姻、打拚事業之餘，也能回饋人群。社會原本就是金字塔型的結構，在上位者少，在下位者多，諸位從學校走出到社會，切記得揚棄菁英思考，常常把弱勢族群掛在心上，對他們多加憐惜，常常思考：怎樣為他們發聲？能為他們做些什麼？這才是大愛。

總之，在即將進入社會的此刻，我希望能和各位互勉：記得設法把愛說出來；在人生行道上往前衝固然重要，必要時可以做做別人的後盾也是很好的；還有，不管被愛或愛人，永遠不要怕被愛所傷害；而且要常常將公理與正義放在心上。不管是小情或大愛，都需要不斷地學習，讓我們互相期許在歡笑中或眼淚裡，用愛來成就人生的圓滿。

・本文原為二〇一八年六月九日應邀在世新大學畢業典禮上的致辭，經整理後，刊登於二〇一八年七月二日《自由時報・副刊》。

示愛與分享

——到偏鄉去開講

民國七十三年四月十二日晚上在重慶南路文化復興委員會，我開始了人生的第一場的演講，當時一口氣連續講了四個星期，談的是元曲。至今猶然記得當時心跳氣急、心臟無力的窘境。從那開始，講啊、講的，從學術專業的戲曲、古典小說直講到創作與閱讀，甚至因為散文創作主題引來的語文教育、兩性、家庭相關的演講邀約，忽忽已歷三十餘年。蒙讀者與聽眾不棄，演講一直邀約不斷。但很慚愧的是，以往因為教書的緣故，常排拒交通較不便之處的邀約，內心總是不安。做為一位教育工作者，不是更需要關照偏鄉的需求嗎？

一日，無意間跟前台中文化局局長路寒袖提及有心到花蓮、台東、屏東及澎湖、馬祖等離島……去義務演講，設定總計四十場。本想請教這位學弟如何不動聲色地達到目的，畢竟他正擔任文化局長，應該更加清楚可以透過哪些管道進行。

沒料到路寒袖說：「何不就從自己的故鄉台中出發？」於是，在台中文化局協助安排下，我從七月至九月先在台中的十所國、高中開講，接著走遍東、南、西北及離島，總計義講四十三場。因篇幅所限，僅就記憶所及的台中部分稍作掠影。

首先，偏鄉的定義是什麼？有人說：「資源少就是偏鄉。」我在文化局提供的十所高中選擇從清水高中起跑。熱心開車到高鐵站接我的女老師對偏鄉有「偏」解，她在車子繞進學校前，指著前方安靜寬闊的道路說：「妳看！這麼靜寂無人的地方，還不是偏鄉！什麼地方才叫偏鄉！」我看著中午赤炎炎的太陽，笑著回說：「誰會在中午的大太陽下出來散步。再過去幾百公尺的地方就是我的婆家，那裡可熱鬧滾滾哪！」這地方我太熟悉了，與其說是偏鄉，毋寧說是「偏心」較合適，由清水開跑，向丈夫示愛的成分居多。我用具體的行動來回饋外子長期以來對我寫作的支持。那次的講題是：「推窗放入大江來——談閱讀與創作」，聽眾很可愛，回答踴躍，態度大方，我給他們打了九十五的高分，就不知道學生給我打幾分？

到石岡國中是跟老師切磋閱讀教學之道，我以「示愛與分享——讓孩子愛上閱讀」為題。石岡國中的正職國文老師僅有四名，加上被鼓吹來聽講的其他科任老師，總共也不過十餘位。講了一些時候，鐘聲響了，又走了幾位去上課。從頭聽到尾的人不超過十人，主辦的國文老師一直跟我道歉。我說我之所以發心義講，就是針對這樣的學校——資源少、老師少、地處偏遠，幾乎請不起名師去切磋，我雖非名師，倒很願意共襄盛舉。

這所學校夾在兩大塊墳場間，我一進校門，就有幾名小朋友慌慌跑過來。一位矮個頭的小女生對著接送我的國文老師用台語說：「害ㄚ啦！害ㄚ啦！代誌大條啊啦！」原來她被老師賦予重任監考，卻因粗心，忘了讓同學互改。

我看著這麼可愛的小朋友在學校居然操著熟極而流的台語，忍不住笑出來。這是我長期穿梭在城市的學校從未見過的現象。校長試探了一下，看我的台語還算靈光，也立刻切換回台語跟我溝通。沒辦法，有些話就只有用母語來說才痛切淋漓。就如同到美國，只要聽到有人操著台灣國語，立刻就想回過頭去跟他們打個招呼，這是天性，禁之不絕。

大里高中的演講，原定從九點講到十一點，但我一向多準備些資料，以備不時之需。學生看到我PPT檔裡還有好幾張講義，集體起鬨地請求我講完它們。學校從善如流；我是既來之則安之，學生如此熱情，我索性就「撩落去」，一直講到接近中午才結束。

學生的聽講態度非常好，很投入，也很能呼應老師的問題；雖然學校小，也偏僻了點，但學生好大氣，落落大方，一點也不忸怩，對著這樣的學生演講真是開心極了。

義講實況。

大里高中已經讓我驚豔不已，沒料到沙鹿高工的學子同樣教人另眼相看。階梯式的演講廳裡，每一雙眼睛都凝神注目，沒人打瞌睡，沒人悄聲談話。舉手問答的情況意外的熱烈，每則提問都顯示誠懇與深度，讓我對職業學校有了迥異以往的印象。誰敢說現在的學生「一代不如一代」！這樣的教學現場讓我感到無比振奮。

新社以花海節聞名，是個美麗的城市。學生比較靦腆，不擅言談，演講初始，顯得拘謹，經過鼓勵後，學生逐漸有了笑容。演講過後，留下幾分鐘的時間Q＆A。我指定一位學生發言，他俏皮反問：「我想不出問什麼問題，如果我說老師的演講很吸引人，可以算嗎？」我笑答：「當然算，有什麼比這樣的語言更美麗的。」

另一位同學主動繼起發言：「老師的演講我很喜歡。」我說這不行，講別人講過的，缺乏創意。他急急補充：「我還沒說完哪！老師的言談很幽默，內容很充實，很能讓人親近且接受，我很喜歡。」我說：「嗯，補充的意見很具體，讓老師很開心，以後就請這樣勇於發言吧。」啊！愛慕虛榮真是天性。那次，我獲贈了好幾盆可愛的多肉植物。

在忠明高中的講題是「遠方——我的理想我的夢」。從我小時候的一篇題為「我的志願」的作文談起。文章裡，我天真寫出的「立志當歌仔戲演員」，被老師評曰：「不登大雅之堂，重寫。」於是，我將志願改寫為科學家，結果被張貼在布告欄上做為同學的範本。幾十年後，我沒有成為科學家，卻成為研究並教授戲曲的學者；雖沒有成為歌仔戲演員，但教授歌仔戲，也算「雖不中亦不遠矣」。

高一時，我又在作文中聲稱：「夢想有一天能在較大的場合裡，做一次成功的講演……」年少的我，萬萬沒料到這篇作文還真準確地預示了我自不惑之年直至其後的人生；我真的在台灣島上四處奔忙，忙著在千人的場合裡演說。幼年的夢想成真，少年的痴念無意中也實現了。我告訴學生們：只要認真朝目標直直走去，夢想就不會只是夢想，而能化為美好的理想。

去大雅的大華國中義講那次最驚險。雖然前一晚在電腦前再三搜尋路線，但仍迷失在茫然的路口。我相準一輛送貨的旅行車，開車窮追，終於在一個紅燈前和它並列，敲窗請求協助。司機跟我比畫了半天，我沒聽懂方向，怕他一踩油門溜走，我急忙用哭腔求他：「我一點五分要去大華國中演講，現在已經一點了，怎麼辦？我都要哭了。」那男子看了表，也嚇一跳！跟著慌張起來：「跟著我走，我帶妳去。」我差點沒跪謝，跟著他一連闖過兩三個黃燈，終於在一點十分衝到大華。我還來不及致謝，他就一溜煙走了。載著一卡車東西的他，不知道是否因此耽擱了正事？但我確認大雅真是個「大雅」的城市。

大華國中的學生真不負我虛驚一場的精神耗損，以安定的微笑迎接我，聽講時好全神貫注，跟我互動時也很自然、很大方，全場笑盈盈，輕鬆卻不輕浮。

事後，我稱讚他們的學生程度好、聽講秩序佳，校長很客氣說：「老師ＰＰＴ選的文章很讚，跟學生有輕鬆的互動，且口才好，內容很切實際才有這樣的結果啦。」我簡單翻譯了一下，就是「老師講得好」，而很歹勢，老師指的就是我。

最讓人感動的是中港高中。其實在那趟義講前後，我都各去過一趟那所學校。第一趟，我就感受到學校的國文老師好熱血，殷勤延請許多大師去演講，經費不足時，都由老師捐助玉成。更厲害的是，每一場演講前，學校師生都會一起做足功課。先閱讀演講者作品，還分組改編作品內容為戲劇，在作家開講前，學生上台先演出十到二十分鐘，充分將作家作品融會貫通後摘要演出，態度慎重，讓演講者相當感動，而該校老師活潑的教學方式更令人動容。

整體而言，在三個月內密集做了四十多場的義講，讓我大開眼界，也因此對台灣整體的教育現場有較多的觀察。我很高興有機會跟故鄉台中的師生示愛並分享教學心得；更可以驕傲地說：台中的學生和老師回饋給我的，確實是更為美好的素質與希望，我以身為台中人為榮。

——原載二〇一九年八月《漾台中》

輯二　這個喧囂的年代

這個喧囂的年代

七月，我姊病危時，我搭高鐵南下，在烏日高鐵站轉乘接駁車到榮總。晚間七點多，乘客經過一日的工作，都一臉疲累。這時，有一位中年婦人拿著開著擴音器的手機大談特談著她和某位親戚糾纏不清的心事，聲音之大，全車都聽到了。

我忍了又忍，十分鐘左右，終於忍無可忍。我轉過頭，鼓起勇氣，朝她說：「請關掉擴音器好嗎？也請小聲點，我們不想分擔妳的心事，我們自己也有很多心事。」車裡其他乘客都笑了。婦人愣了一下，朝手機裡的人說：「我要掛電話了，有人抗議了。」大家都鬆了口氣。有人在先我一站下車時，過來跟我致謝，但我覺得對那位婦人很過意不去，可我真的也是心事重重啊。

在某次聊天時，我不小心提到這件事，居然引發諸多共鳴，被推為英勇肅「音」楷模，我才知大部分的人都曾遭遇過類似噪音荼毒，但真正敢出聲制止的卻不多。

這個喧囂年代，彷彿百無禁忌，醜事、樂事都不吝於跟別人分享，高鐵上講手機、放送音樂的人尤其多。一回，搭高鐵南下，咿咿嗚嗚的奇異樂音一路在座位後方嗚咽。聲音嘈雜斷裂，已經不能稱之為音樂，較接近噪音。幾度想要回頭制止，終究忍住。就在崩潰臨界點，車上服務人員終於出面制止，感謝天。服務人員請他改用耳機，他一副茫然狀，只好請他關掉。旁座耳語說是有人無法忍受，去投訴的。

另一回更離譜，在北上的高鐵上，有人用擴音講手機。從台中直講到桃園，方圓十步之內的人都對他的行業、經濟狀況及家族糾紛有了八分以上的理解。我本來想跟他說不要用擴音吧，但他的語言頗具魅力，峰迴路轉的，我看乘客都沉浸在敘述情節的起伏中，跟著皺眉、嗤笑，我實不忍讓諸多豎起耳朵聽得興味盎然的聽眾掃興，只好忍耐。

另有一回，一上高鐵，座位旁已坐了一位講手機的年輕小姐。不誇張地說，這位小姐從我上車到下車的一個鐘頭間，一直講、一直講，沒完沒了，我懷疑她打算講到地老天荒。每一個看似可能結束的段落，原都以為會譜下休止符，她卻都神奇地再接再厲，另闢出新話題。

她的聲音低低的，沒專心聽，聽不出說些什麼，但那種綿密、沒間斷的呢呢喃喃，格外引人焦慮。實在講太久了，她又斜靠在我身邊，把手機斜立在座位前的小桌上，擺明了不怕人窺祕，我忍不住偷覷了幾眼。一位躺在床上的男生，裹著棉被翻過來、翻過去的，惺忪著眼，一直調整著軀體的方向與姿態，明顯沒什麼熱情地漫應著。但那樣的冷淡、甚或不耐煩的肢體語言，卻一點也沒澆熄那位小姐的興致。

我幾度想提醒她：「就饒了他吧，讓他再多睡一會兒。」卻找不到適當的切入點，她的話密度好高，興致也很昂揚。我想勸說她：「留些話以後說，才能講得長久一些。」也找不到空隙說。台北到了，我收拾了被荼毒許久的耳朵準備下車，那位小姐依然安坐著，講著，呢喃著。我第一次淪肌浹髓地理解了「口若懸河」成語的精闢。

捷運上的噪音多來自乘客，計程車上的噪音多來自愛搭訕的司機。前幾天，去參加新北市文學獎頒獎典禮，所搭乘的計程車司機，也是個「話濟過貓仔毛」的男人。原本我預留了寬裕的搭車時間，誰知他一遇綠燈還有十秒以內的，就緩緩踩煞車，等候紅燈亮起，只為爭取談話時間。

他從我上車附近的的兩家小籠湯包談起，比較和鼎泰豐的不同；扯到他家原本開油行，供應老鼎泰豐；接著峰迴路轉，捨油行，經營粵式餐廳，和隔壁家餐廳一拚死活。以少五元且多一荷包蛋吸引學生客源，打趴對方，展開生死鬥，眼看已然占了上風，又如何被對方用提高房租收買房東釜底抽薪，將他趕走……不時還考試一樣對我提問，不專心聽還真答不出來。他講得口沫橫飛，風起雲湧，我是聽也不是，不聽又失禮，搞到最後差一點就遲到，真是急死人。

另有一回，為了與平路在永樂座的「《袒露的心》生命中明白與不明白的」的對談，我先在電腦上不斷Google前往永樂座的方式。最後感覺沒把握自己能開車抵達，臨時改變主意，就拿著Google出來的小抄上了計程車。

司機約莫是看我拿著紙條一副胸有成竹樣，問我該怎麼走較好。我說：「那就從新生南路三段八十六巷轉進去！接著左轉羅斯福路三段二百八十三巷，找到二十一弄左轉，目的地就在左邊。」司機欣然決定聽命行事。誰知到了，才發現八十六巷是單行道，可出不能入。司機於是從下一個距離遙遠的巷子進去，這下子，所有的左右都亂了。先前司機還很篤定的，繞過來、走過去的，就是找不著。原本十五分鐘的車程幾乎繞了半個鐘頭還沒頭緒。二八三巷七弄找到了，就是沒看見二十一弄。

一路上，我建議他開窗問路人，司機堅持自己找，說路上那些人都是遊客，沒用的；繞了又繞，像鬼打牆，司機後來也慌了，給我戴高帽說：「妳比較聰明，就聽妳的，打開窗子問吧！」問了幾個，都笑著說是來玩的，或搔首說不知。這下子輪到我謙虛起來，承認司機

「你是睿智的，果然真的都是觀光客。」

兩人謙讓，並沒有辦法解決問題。我的問題較大，一屋子的人等著，眼看就要遲到了，我逼著司機想辦法；司機賴皮，趕我下車，說：「應該就是這附近了，不會太遠。」我不肯下車，跟司機爭吵：「我若下車自找，幹嘛搭你的車，不就是要仰賴你的專業！不然，我搭公車或自己開車就行了。」兩人僵持不下。於是繼續繞，車費原本約莫應該一百四十元的，繞到近三百元，我才悻悻然下車。司機找了錢後，還說風涼話：「這裡就是羅斯福路二百八十三巷了，你自己去找二十一弄吧。」

像鄉下人進城一樣，下了車，四顧茫然。這時，手機鈴響，主辦單位急了，問了周遭方位，讓我站立原地，別動，她們來領人。這整個路程，車內只有司機和我二人，卻因為當日講題所示的「生命中明白與不明白的」辨識而全程喧囂躁動，一如千軍萬馬。

台灣時興讓座，但像我這樣頭髮未白、年齡又不小的尷尬年紀的人常感為難。每回坐公車，常常為了該不該坐上博愛座傷透腦筋，內心時時上演小劇場：前面這個人年紀大還是我比較老？我坐上會不會太托大？而讓座與否，又常常攪亂一車的安寧，有人明明老到四肢發顫，卻死也不肯就坐，讓讓座者好尷尬。

一次，從北市府開完會，天色已然暗了下來。小周末，為了慰勞自己一周來的辛勞，我繞到新光三越的超市去買了些燻鮭魚，打算晚上小酌一番。不小心又多買了些生鮮蔬果，加上市府為委員準備的餐盒，兩手都不夠用了。

搭上二十路公車，四下張望，站立者中看來沒有比我年長的了，我慶幸地找了個博愛座坐下。博愛座共六個座位，我坐下後，剩下左右各一及對面一個空位。

過一站，從前門上來一位婦人和一位高中生，看來是她兒子。婦人坐到我左手邊，示意兒子也坐，我識相地往右邊挪了個座位，讓他們母子倆坐一起。

再過兩站，人越來越多，從後門上來兩位頭髮花白的老人。那位高中生立刻站起來，我向那兩位老先生招手，示意他們可以過來坐年輕人讓出來的位置和我對面一直空在那裡的另一個博愛座。

頭髮較黑的老先生猶豫了一下，走過來坐下後，指著前方的空位招同行那位頭髮較白的；用嘴巴叫、用手招，那人就是不肯過來，只一直說：「毋免，連鞭（一下子）就到了。」不肯就範。旁邊的老先生有些生氣，朝我說：「歹扭搦（難搞），敢著愛我姑情（難道要我求他），莫睬伊。」

我笑著回他：「遮爾仔客氣。」我想了一會兒，問他：「你彼个朋友是毋是想欲佮你坐作夥（坐一起）？若無，我去坐對面彼位（那個位置），你叫伊來坐我這位。」

他還沒回話，我搬了大包小包東西過去換位置坐，整車的乘客就看我們要把戲似的，我招那位堅持不坐的老先生說：「你較緊過來佮恁朋友同齊坐啦，你毋坐，逐家攏歹勢坐呢。」（你趕快來跟你朋友坐啦，你不坐，大家都不好意思坐哪。）

老先生擋不住我的熱情，只好過來坐下，嘴裡還嘟囔著：「就連鞭（一下子）到了，多謝啦，歹勢咧。」

直到我下車的信義杭州路口前，我們每對望一眼，他就客氣地跟我點頭道謝，害我眼睛只好保持斜視，不敢正面對著他。臨下車前，我起身，他又朝我說多謝。我笑著半開玩笑責備他：「猶講連鞭（一下子）到，到這陣都猶未落車！」他爭辯：「我到西門町就落車囉，連鞭到。」西門町！從台北的最東邊坐到最西邊，叫做「連鞭到」？

幸好台灣不大，所有的搭乘大多「連鞭到」；所有的喧囂都在靜默乘客的崩潰臨界點前畫下休止符，託天之幸，總算都沒釀成大禍。

——原載二〇一八年二月五日《中國時報・人間副刊》

今生有幸做了姊妹

三年前的七月，二姊無預警查出罹患肺腺癌，已然是末期。家人都不敢置信，她不菸不酒，飲食清簡，居住環境一塵不染，每星期還到清幽的山上別墅住上幾日，這樣的人竟然肺出了問題！

從小，大家都說我和二姊長得最像，我也深以為榮，並一直以她為榜樣，學習為人處事之道。她的情緒穩定，進退得體，總能在兄弟姊妹最需要的時候，提供穩定的力量。母親在世時，我凡得了榮耀，總是在第一時間內和母親分享；在受了委屈時，和母親傾吐並求取奮進的力量。母親仙逝後，我轉而仰賴二姊一如親近母親，而她也從不曾讓我失望，成為我最大的依靠。

母親生前亟欲脫手房產，我捨不得老家易主，便先行買下。母親過世後，我重新改造，當作休憩及家族聚會之所。二姊體恤我的忙碌，當我們回老家時，她總小心拿捏探視的次數與時間，常常還提供大包、小包做好的食物，減輕我投入家務的時間；甚至在我們南下前，從豐原載著清潔婦回潭子，先將屋子打掃乾淨，用窗明几淨的屋宇迎接我們的歸去。我看在眼裡、記在心上。

這一場災厄來得凶險，姊的抗癌之戰因之打得萬分艱難，總計持續三年。姊夫年邁，子女又都遠在海外。首次化療，外子和我刻意排除萬難，空下時間陪伴。永遠記得當日化療過後，已是黃昏，我們驅車往東勢山上奔去，天色逐漸由晴轉暗，山中隱隱的雷聲由遠處穿雲而來。越往深處，天色越暗，雨勢漸強，我們被重重焦慮環繞，彷若被雷雨交迫、被暗夜追索。

凌晨四點多，闃黑中，聽到二姊拖著身子移至臥室外的小廳，躺著喘息。我聞聲躡手躡腳跟出。她說：「有點喘，沒關係！妳去睡。」我知她疼痛到坐立不安，但不想增加她的壓力，遵囑回房。無法身代的哀傷，讓我只能藏在被窩裡飲泣。深知艱苦的戰爭，勢將轟轟烈烈展開，每一步都必然和著淚、揪著椎心之痛。

原本山上空氣新鮮，有利於養病的；但爬樓梯對病人來說有些辛苦，何況八十歲的姊夫持續陪病也真勞累，該有適當休息。其後的療程，我們迎回二姊，在潭子老家，跟她聊天，調劑她的心情；設法烹調有媽媽味道的飯菜，補充她的體力。她也努力配合，對每頓飯都展示相當的誠意。磅秤隨侍在側，只要體重稍增，大家就高興得熱淚盈眶。接著，大嫂也前來陪伴。自母親和大哥相繼仙逝，大嫂就成了家族的掌舵者。她一向優雅自在，和小姑相處如姊妹，我們有事也常對她傾吐。三個女人或坐、或臥，娓娓互道心事，外子則裡裡外外張羅，陪著熬過病痛，別說二姊感謝，連我都備感安心。

一日，我得北上演講並處理耽擱許久的瑣事。那日，空氣有些清冷，我趕早起來做早餐。三碗熱騰騰的豬肝麵線在清晨的廚房內冒著輕煙。那隻常來走動的黑冠麻鷺又到園內來逡巡；我穿著睡袍推門出去，揮動竹竿吆喝驅趕，牠飛到庭園木門上停住，睨視我半晌，才傲然飛離。我悻悻然放下竿子，回頭，見姊姊在玻璃窗內咧嘴笑了（看我狀至笨拙吧？），我也忍不住笑了。

外子很快吃完，前後收拾著北上的行李；姊和我坐對著漫談。我說：「我走了，妳要好好養病，別擔心。」她說：「妳放心！沒問題的。」我說：「要乖乖吃藥，放鬆心情。」姊回：「我會的。」我東張西望，想再交代些什麼，姊笑說：「找不到東西或有什麼疑問，會打電話問妳的，你們趕緊回去吧！」

我漫應著，東摸摸、西摸摸，延挨著。時間到了，不得不說：「姊！我走了。」然後，走過去，攏攏她清瘦許多的肩膀後，推開紗門著鞋出門。姊起身隨後出來，我沒回頭，知道她必跟出。走出大門，上車，姊從車子左側窗口出現，吩咐外子：「小心開車，你們別擔心。」我不擔心，知道姊不會讓我們擔心。車子開出巷口後，我們才想起，煮好的一壺咖啡竟忘了喝。

二姊是我認識中最強大的病人。抗癌三年間，如烏雲罩頂，病魔如影隨形，但她忍過難忍的痛苦，吃過最苦的苦頭，卻永不言悔，一逕堅此百忍。而我也因為她的求生意志如此堅強而變得勇敢。抗癌期間，家族展示了強大的凝聚力，因二姊不時提起和家人共遊的渴望，我們大大小小幾十人曾經攜手共同度過許多美好的日子。一起遊山玩水，一起飛渡重洋。我們搭飛機去琉球；走過日本四國；行過澎湖；攜手走過南台灣……，每一趟的旅程都暗藏著微微的憂慮，卻也充滿了大大的歡樂。

永難忘懷，前年，我們開著車子到南方，一路行過嘉義、台南、高雄。看展覽、吃小吃、尋友人、喝咖啡、大啖海鮮、遊愛河……然後，二姊撐著病體，微風拂面地一路由愛河漫步回旅邸。月光下，她仰天笑說：「啊！這樣的日子真是幸福。」我聞之黯然神傷。

從高雄回台中的途中，我曾坐在駕駛座上一路驚惶地追著遠方一輪鮮紅渾圓的落日奔馳，唯恐無法及時找到嘔吐、方便的所在。她則在事後頻頻解釋：「是因為暈車，不是因為生病。」唯恐我們會因為害怕她過度疲勞引來不良後果而再也不敢帶她出門。我一再重申：「只要妳喜歡，我就勇敢。就算在旅途中求仁得仁，我也不會有愧。姊放心，妳願意，我就無所懼。」

最後的一趟旅行，我們去了南投，並住上一晚。在我女兒盡心的籌畫下，投宿在一家又乾淨又寬敞的民宿「掬月居」，民宿外的小路旁，就可以看到螢火蟲閃啊閃的。病中的姊姊在女兒、姊妹、嫂子、妹婿及外甥、甥女的環繞下，顯得神采奕奕，且談笑風生。原本想繼續前進溪頭的，但夜裡手機裡傳來她孫女和媳婦嘔氣的消息，擔心得夜不成寐。我們憂心她體力不支，臨時取消其後的行程，二姊的最後一趟旅行終成未竟之旅。

二姊一向對家族晚輩百般呵護，二哥的兒子上大學時，正當二哥中風倒下，二姊慷慨地遞了存簿和印章給姪兒，吩咐有需要時隨時可以取用；所有姊妹回娘家生產，她總體貼地把產婦的其他幼小孩童帶開，減輕幫忙做月子的母親的負擔；而我的兩位小孫女和這位姨婆也最親，因為姨婆最疼她們，最會逗她們玩。她儲備了許多可愛的小衣服和玩具，視兩位小朋友的成長，一件又一件地供應；連病中都還欣然應小孫女之邀跟她們玩遊戲，並忍著病痛摸索著上網為小朋友網購可愛的衣物、玩具。也因為這樣的體貼性格，她生病後，自然有了最堅實的家族成員當她的後盾。

和二姊同樣住在豐原的二哥，日日午覺過後，坐著輪椅，由外傭推著，到二姊家喝一杯咖啡。他寡言，常常在床榻前沉默坐著，不發一語，眼神裡盡是無法言宣的擔憂和愛。他默默地來，一兩個鐘頭後，又默默地走，不管二姊是醒、是睡，日日為之。

曾經，二姊因為電療，昏睡了一日，然後如大夢初醒。她說：「昏睡時，一直提醒自己不能再睡下去，但就是沒法子。」我們原本想帶她外食，但姊說：「今日難得買到我們都喜愛的豆仔葉，不如就在家裡吃了，你們來吧。」於是，我摘了園內的大絲瓜，帶著外子和兩位小孫女，直奔豐原，陪她吃晚餐，二哥也來了。

二姊精神不錯，我笑著跟姊夫邀功：「妹妹回來，姊姊病就好多了。」姊夫欣然附和。飯桌上，紅燒魚是外傭的傑作，豆仔葉是二姊親自烹調（那是她一生所做的最後一道菜了），清炒絲瓜看我的；另外還有牛肉湯和紅燒豬腳，看起來好誘人。二姊說：「紅燒豬腳是四妹昨日送過來的；牛肉湯則是才經歷開刀的二嫂做的，午後剛送過來。」接著，住在台中北屯區的大嫂在雨聲中打來電話探問；而聽說櫃上的雞精補品是三姊前兩日特地從中壢提回的。外頭，大雨滂沱；屋裡每一道菜、每一通電話、每個叮嚀，都是「豐沛」的愛，二姊因之胃口大開。

姊的病情時好時壞的，經過一個又一個的療程，試過一種又一種的新藥，一個月又一個月的，忽焉接近三年。但我清楚感受到，日子彷彿開始進入倒數了，姊終於又住到醫院。一日，我從台中榮總的陪伴中抽空回老家。推開大門，忽然悲從中來。當時，姊已開始陷入沉默，眼神逐漸渙散，眉頭越皺越緊；我知道二姊恐怕再也沒有力氣推開那扇回老家的柴門了。就像園內那落了一地的葉子，焦黃著臉，逐漸趨向塵土。我日日趨車走在陪病的路上，夜裡回家，路燈勾連著曖曖的月光。我好擔心一向膽小怕黑的姊姊即將孤身上路，憂懼著不知黃泉路上是否也有月光？如果能夠，我多麼希望為姊姊所信奉的上帝乞求一點光。

最後的時光，我坐在病房中陪病。她哼哼哀哀鎮日昏沉著，時而勉強張開眼睛，露出茫然失焦的眼神，似乎對去留仍感猶豫。我彎下身子，在她耳邊低語：「路的那邊是爸媽和兄姊，這邊是丈夫、子女與手足。無論妳朝哪邊走，都有最愛的人等著，妳絕不會孤單的。」於是，二姊終於跟母親一樣，在女兒、丈夫和我們的環侍下，吃下最後一口蛋糕、喝下最後一口咖啡後，撒手人寰。在那之前的三星期的某日黃昏，她還曾掙扎著，由外傭推著、我們陪著，扶病去逛了一趟她生平最愛逛的中友百貨，在「無印良品」買了個小小橡皮擦；似乎是用一只橡皮擦向她所眷戀的繁華預先告別。

二姊離開人世後，我久久無法從悲傷裡恢復。一日，最喜歡二姨婆的小孫女，隨手畫了一幅藍、黃交揉的抽象畫，拿過來展示。問她畫什麼？她毫不猶豫說起畫裡的故事：

「風吹著，樹上的葉子在天空飛啊、飛的掉下來，變成枯葉。枯葉在地上開Party，開著、開著，又被風吹起來；風吹著、吹著，枯葉變成小鳥；小鳥飛啊、飛的，又在天空開Party。」小孫女這一席話，讓我靈光一閃，想起人生榮枯起落，不也是如此：時而為枯葉，時而飛升成小鳥，無論是人間或天上，都一樣可以歡樂開趴。這個枯葉飛升成小鳥在高空歡喜開趴的故事，對猶然沉浸在二姊往生的悲傷中的我，真有振聾發聵的鮮明啟示。

孫女諾諾所繪的墜地後又飛天開Party的落葉圖景。

姊過世沒多久的秋天，白牆邊的那株年年豔紅的楓樹竟然無端乾枯了。當年，改建老家的庭園時，我們鄭重植下這株楓。盼望率先栽下的這棵楓樹為父母已然雙亡的老家種下手足不散的希望。

楓樹當然不是無端萎謝，因為蟲害，樹幹下部被嚙咬出一長條裂痕。一直擁有大片山林的姊夫以他的植栽經驗建議外子將白膠灌進隙縫，否則怕樹幹會無法收拾地漸次裂開。於

手足被切斷的楓，寂寞地兀自獨立。

是，楓樹就這樣，在無人照看的老家，獨自寂寞地趨向死亡，彷彿一則寓言。前些日子，這兩位肇禍的男子，站在樹前搖頭嘆氣，毅然合力鋸下那株楓樹的枝葉，只剩一節光潔的肢體。

之後，在楓樹可以遙望的落地窗廚房中聊天。二姊夫說：「已慢慢適應妳姊姊不在的生活，但偶爾還是會感受無人可以對話的空虛，不知道有誰可以商量……」聲音逐漸哽咽，氣氛變得迷離。我繞過桌椅，為姊夫斟上一杯茶，不經意瞥見遠處那株楓和橫躺著的枯枝，不禁想著：「注視著自己散落支解的手足，該是怎樣的心情呢？」

那天，二姊離開人世正好半年。

——原載二〇一八年四月十七日《聯合報・副刊》

期待櫻花盛開的時節

——記一趟京都旅遊

在幾個女性朋友的Line群組裡，隨意聊著：「好久不見，該聚聚聊聊了。」但有人說要去開白內障，有人說必須上課……問題多多。說著、說著，不知誰忽然提起日本正是楓葉最紅、最美的季節。沒過幾分鐘，七嘴八舌地，「在開白內障前去吧！」、「就選學生考試周，請助教監考囉。」大夥兒忽然就都可以去京都了。最年輕的方梓手腳麻利，不旋踵間都聯絡好了，京都之行於焉底定。

五人年齡加起來超過三百五十歲，這個旅行團體質看起來有些孱弱，非得加個身強體壯的年輕生力軍不行。我從手機的群組笑談中抬起頭，看到身旁的女兒含文伸長脖子偷窺著，我剛啟齒：「幾個老人家想去賞楓……」她似乎已從我眼中看出了端倪，主動同意使用今年剩下的假期，欣然應允同行。果然！這個年輕人其後發揮了不少功能性作用，除了降低團員平均年齡，也成了八十五歲薇薇大姊口中的「小枴棍兒」。

我一向對大自然或寺廟、宮廷、歷史缺乏求知慾，旅行於我而言，只是徹底休息。除了避過烽火連天的城市，去哪裡一點也不關心；但也因此對同行朋友的言談是否投機格外上心，不對盤者絕對不與焉。

接近黃昏時，一行人抵達京都。十一月中，京都楓葉其實尚未全紅，滿頭黃髮的銀杏也還沒禿頭。路旁，紅黃綠交纏，把整個城市妝點得繽紛多彩。感覺天氣變換好大，光影一吋一吋地逐漸被收拾了回去，冷冽的風則一點一點地增強；我們在滿巷道的冷食間尋找溫熱，避入了一家窄小的閣樓。拾梯而上，對著一知半解的菜單，自以為是地拼湊零星的漢字和日語發音，一開始就鬧了笑話。有「赤雞」和「sukiyaki」字樣，以為是雞肉的壽喜燒，卻端來了兩大盤不知是內臟還是什麼的東西，底下鋪上滿滿的豆芽菜，上方是辛辣的佐料，六人齊齊傻眼，那玩意兒到底是什麼，至今依然是謎。

六人的日語能力，女兒稍可聽、可講，方梓識得幾個字，其餘接近文盲。所以，點餐的笑話不只一回。留宿京都的最後一晚，我們決定往體現常民生活的居酒屋去吃晚餐，順便像日劇中的場景，和朋友喝喝酒、聊聊天。菜單一來，先猜字，再目測其他顧客桌上的成品，和服務生連指帶比了一番，以為萬無一失了。結果將蛋捲誤看成春捲、錯認生魚片是紅燒魚，一整個荒腔走板；但這一切，不但無損於晚餐的美味，反而在微醺中平添了許多趣味。

京都次日，我們迎著朝陽往奈良看鹿去。搭了火車到奈良，決定六人兩車，以車代步。尋到招呼站，正好一輛計程車駛進，三人大剌剌上車，卻被趕下車去；又是一番比手畫腳，才知公園近在咫尺。司機真是個誠實的好人，不欺生客。我們邊走邊談笑，太陽好豔，藍天上白雲輕飄，六人齊齊戴上墨鏡，偶而躲進陰涼的路邊歇會兒。女兒從攝影機的鏡頭望出，笑說長輩們排排站，恰似一群視障者；我加倍延伸，說彷彿盲者在路旁等著明眼人來領去城中的某一角落給人按摩去的模樣。女兒笑說：「這群盲人還真會聊天，不管在哪裡，都可以隨時切入適當話題，永遠有話說，永遠是笑臉。」

奈良的鹿兒好馴良，完全無視於人來人往，一逕我行我素。八十餘歲的薇薇大姊腰間繫上紅披肩，一腿跨上欄邊的石坡上攝影，矯健身手讓人羨煞；新彬彎身和鹿兒低語，最是嫻雅；靜娟姊和我被紅葉招得忽忽若狂；方梓和含文則忙著當探子，一路小跑步先行打探最近的距離。不管是吃的，還是看的，不讓痴長幾歲的老人家走冤枉路，真是體貼。於是，我們被引著坐炕上，吃烏龍麵和麻糬，炕上升著微火，看著不遠處，鹿兒或悠閒躺臥曬太陽，或溫馴低頭散步，覺得人生靜美，不奢求其他。

回程時，在鴨川三條大橋旁瞥見一位頭戴竹簍、邊彈吉他邊唱歌的街頭藝人，造型引人側目。當晚，女兒在臉書PO出照片。有人問起頭戴竹簍唱歌的目的何在？網路上一片逗趣的問答，有人說：「難道是霹靂布袋戲裡那個浪人叫『天險刀藏』的？」有人猜測「頭戴護罩，如果唱得不合眾意，比較不容易被打傷？」有人則說：「是不是兼職怕被認出來？」沒多久，就有內行人——我的指導學生林恕全出來詮解：「日本禪宗中的普化宗，僧人就是戴著這個稱為『天蓋』的竹簍子四處雲遊，以吹奏尺八的方式弘揚佛法、廣結善緣、接受布施。戰國時代有很多浪人假扮成普化宗僧人，因為蓋頭蓋臉的關係，經常為非作歹，因此政府後來彈壓這個宗派，令其解散。至今日重新復甦於京都明暗寺，位於東福寺境內。」所以，這位街頭藝人應該是模仿雲遊僧人來謀生的，這是旅遊中習得的新知識。

旅遊景點不貪多，祇園、清水寺、金閣寺是重點，其餘就在旅館附近的錦市場繞繞。夜間閒逛，方梓出手闊綽，這邊看、那邊買，請大家嘗些鮮美海產熟食；晨間人潮洶湧，以新鮮生食為多，我獨鍾水果。盆中浮動的豔紅小蘋果、豐厚肥美的柿餅、圓潤豐滿的綠葡萄，讓人垂涎，都各買一些，供大夥兒淺嘗。

三條車站附近的小河悠悠流著，來回奈良和祇園，我們三過其河。它任憑我們踱過來、走回去，一逕波光粼粼，和我們一樣瞇眼笑著。祇園裡有超大型圓點裝飾的南瓜，是草間彌生的裝置藝術，吸引了許多遊客駐足；我們也不免俗地和南瓜來個合照，但其實更鍾情的是一旁高掛的成排小紅燈籠和滿地的落葉。

雨似有若無、藕斷絲連地下著，冷風颼颼，在石板路上逛了一大圈，大夥兒都倦了。四處搜尋附近的咖啡店落腳小歇，想從咖啡裡補充清明（卻見每個商家門口都盤踞著一叢叢剪裁成魚狀的懸崖菊花束，非常特別），好不容易覓到一間溫馨小店，雖然滿室煙味繚繞，卻如獲至寶。約莫六十歲的安靜嫻雅婦人招呼著我們落座。等待的時刻，瞥見一位老太太溫柔地和一位男士在旁座說著話，以為也是顧客；誰知一轉眼，竟見她顫巍巍走到櫃檯，端起咖啡送到客人面前。抬頭看牆面掛著的獎狀，才知她是此店主人，高壽九十一，依然工作不輟，讓人敬佩。看來日本的老人時代似乎比我們來得更快。

午後去清水寺。下車看到長長階梯一路蜿蜒，簡直嚇壞了老人家，都嚷著「不爬了！爬不動啦，你們去就行，我在下面等著。」誰知小路上漫步，「這兒的楓葉好紅」、「那邊的池子真有意思」、「那幢房子好美」……就這麼被「美」牽著四處拍照片，竟不知不覺間也走完全程，全無滯礙。最有趣的是坐上「成就院」前的台階上拍照取證，阿Q地調侃自己已晉階成為「成就院院士」了。

接著往金閣寺去。只要閱讀過三島由紀夫筆下的《金閣寺》，必然對金閣寺的永恆之美

同遊京都的閨蜜，在清水寺「成就院」樓梯合影，笑稱大家都是有成就的院士。

有屏息以待的巨大想像；但當我們進入園內，滿坑滿谷的遊客立即映入眼簾，真是把人給嚇了一大跳。摩肩接踵的人潮，在竹欄杆圍繞的河邊簇擁著前行；立在水中的金閣寺瞬間落入凡塵，被染了灰，滿園的紅葉都救它不得。實話實說，金閣寺蒙塵了，我必須承認，遊客如我雖非禍首，卻難逃共犯之罪。

旅途首日，我們刻意避過薇薇姊，幾個人偷偷摸在夜裡的京都小巷中尋找慶生的餐廳，希望次日給她一點驚喜。五年前，她的八十誕辰過得隆重，方梓設宴款待；之後，全體還直奔我位於台中的老家，夜宿同歡，抵足共眠。那樣的記憶，連夢中都會微笑。所以，這回，我們找到一家氣氛不錯的shiabu-shiabu放題店（吃到飽）。在高歌生日快樂聲中，一盤又一盤的精緻食物，尤其是在台灣難得看到的舞茸菇在鍋內燙著，佐以溫熱的清酒，心情簡直沸騰到最高點。離開的時候，步履顛狂，直想在暗夜裡高歌。

旅行樂事往往不是觀看景點，而是伴隨而來的磕磕碰碰小事。譬如，有人把房卡當悠遊卡刷，怎麼也通不過驗票閘門，急得很；旅館浴室太小，無置物空間，靜娟把乾淨的牛仔褲摺得四四方方權且放在同色臉盆裡，卻怎麼都沒找著。無端消失的長褲，被懷疑旅邸果真發生靈異事件。薇薇姊在居酒屋裡盤腿久坐，起身時掙扎了許久，不時因襪子滑溜而跌回原點，笑不可抑，更加添失敗率，大夥兒笑鬧成一團，紛紛發出同情之鳴：「當日本人真不容易。」新彬晚節不保，在回程進入安檢關卡時，才赫然發現一條有紀念性的披肩被留置在機場洗手間裡，趕緊回頭飛奔找尋。

最讓我抓狂的永遠是廁所問題——日本廁所的隱蔽性、換鞋及沖水設備等，在在困擾著我。我曾掀開盥洗室垂掛的蠟染簾子，往前猛力推著面對的那道門，卻不得其門而入，原來那是一道白牆，廁所赫然藏身在另一邊；也曾手忙腳亂將廁所專用鞋穿出外頭，然後又慌慌張張脫下那雙鞋進入廁所；免治馬桶最可怕，不管感應或手按似乎都沒個常規，控制按鈕藏身何處也千變萬化；按鍵式沖水器的標示五花八門，各家不同。有一次在百貨公司裡竟尋找了十餘分鐘才在一個非常隱密處尋得，根本不按牌理出牌；而越是這樣，似乎越讓人焦慮、發急，每到一處，我總特別關注洗手間，率先去熟悉一下。薇薇姊說我：「像是裝了廁所偵測器，嗅覺靈敏。」靜娟姊乾脆虧我：「到處作記號。」真是尷尬。

最有趣的是旅館的Lobby裡，有一個講日文的可愛機器人。最後一天，忘了是誰，忽然興起，啟動了機器。機器人說的是日語，機器的選擇鍵也只標示日文，其中參雜幾個漢字。大家圍觀，興味盎然，不知他嘟嘟囔囔說些什麼，只覺動作可愛極了。女兒後來加入，開始權充翻譯。我們站到面前，讓他猜年紀。他口中喃喃有詞，歪著頭，把手舉到頭的兩側說：「讓我來想想看。」接著還會說：「靠近一點，讓我再仔細看一次你的眼睛。」兩位年紀稍長的，站到他面前，機器人搔首撓耳，然後小心翼翼地承認自己：「怎麼搞的，這下子我真的看不出來幾歲哪！」三十七歲的女兒，他猜是二十七歲；六十七歲的我，他猜成五十二歲；六十六歲的成了五十三歲；六十歲的則是五十四歲。雖然都酌情少猜了幾歲，但明顯得罪了其他兩人。機器再機靈，也還是無法在複雜的人情世故上面面俱到。但機器人確實很穩定，不信邪地再度測驗，結果並無兩樣。

這趟旅程真的很有默契、很對味。兩位臨危受命的「年輕」領隊及助手步步為營，可靠度好高；年長者不但嘉許她們的聰慧，也讚頌自己年紀大，果然有「識人之明」。行程隨興，不堅持原訂計畫，端視當日天氣及身體狀況即時調整；旅館的交通便捷，距離想參觀的景點乘車之外的步行最多都不過十至十五分鐘距離；同行友朋都是經過多年嚴審、嚴選的摯友。難怪都還沒回到家，就有人急問：「什麼時候再辦一次呢？」

什麼時候呢？也許可以期待櫻花盛開的時節吧。

——原載二〇一八年一月二十七日《聯合晚報》

租書店、包子和總經理

四年多前，媳婦即將生下孫女，毅然從工作崗位退下，返回家庭；兩年多前，兒子在媳婦即將生下第二胎時，也跟著離開職場回家，說是不想錯過孩子的童年，也要專心做爸爸。這兩人相繼辭職，除了表面上為了專心養育兒女的理由外，到底另有什麼樣的玄機，作為父母的我們不便過問，也不想深究。

已經為人父母了，卻不顧一家四口的生計，大膽辭職返家，當然不會僅是為了專心照顧女兒；就算是，應該也只是原因之一。兒子是我生的，我約略明白箇中緣由。精靈古怪的他，向來不受拘束，上幼稚園的年紀，出門時，他從來不肯讓大人拉著他的小手；逛百貨公司，也從不願跟家人同逛一層樓。他鬼點子多，又自信過度，我們從沒想過（應該說從來沒辦法）讓他就範，所以，深知此時過問或深究終究只是徒然，不如以靜制動。

沉潛一年多後，我們忽然被告知他們夫妻倆已租好一幢四層樓建築，打算開始經營一家複合式餐廳，連名字都想好了。他們把整個經營比擬成一冊行走的書，所以就命名為《行冊》，英文名字是“Walking book”。那陣子，他們無意中比對歷史文獻，驚訝地證實該址竟然是蔣渭水當年在大稻埕行醫的大安醫院原址，也是《民報》的發刊地，深具歷史意義。

蔣渭水先生是一九二〇年代台灣文化運動的先驅，素有「台灣新文化運動之父」的美稱；《台灣民報》也是台灣第一本獨立刊物，以「台灣人唯一言論自由機關報」為號召，在當時啟發了許多年輕人，在近代文學、白話文運動中，堪稱貢獻良多。兒子為這個偶然的發現興奮莫名，他說：「我不僅是要在一樓開咖啡店、二樓開餐廳賺錢，我還想進一步在這幢有歷史故事的屋子裡注入活水，在當初《民報》發刊地的三樓設置一個以圖書館為概念的公共空間，收藏、陳列甚至販賣獨立書刊，讓百年之後的當代人重新品味並思量前賢的民主精神。」

外子聽到這裡，也跟著湊趣補充：「我們清水老家的抽屜裡還曾有一張我爸爸與蔣渭川先生及一群仕紳的合照。你們的阿公和蔣渭水的弟弟蔣渭川先生是舊識哪。」外子的加註，讓媳婦瞪大了眼睛，她很神祕地告訴我們：「先前在赤峰街相中了一幢屋子，我們都要下訂了，忽然殺出了程咬金，結果沒租成。我認為命中註定要我們和一向崇拜的蔣渭水先生結緣。仔細想想，阿公跟蔣渭川先生是好朋友，我們現在的杭州南路居家就跟蔣渭水先生坐過牢的日據時代台北刑場比鄰；而明明都講好的赤峰街租屋忽然毫無道理地斷了線，然後，我們走啊走的，就走進了蔣先生行醫的地方……，這些難道不都是註定了要我們在這裡續下這特殊的緣分？」

我發現她說這話時，像著了魔似的，渾身是勁；兩人勾勒願景時，眼睛裡都是希望，我真心為他們感受無比的幸福。年輕時候的我們活得痲木，只是隨著生活的節奏認真前進；看到他們夫妻二人能胼手胝足盡興地朝自己既定的目標前進，不管成功或失敗，都不枉人生一遭。但做生意，我們外行，無法提供他們任何建設性的意見，只能默默地給予祝福，並履踐「百無一用是書生」的做法，提供一首宋人江特立的詩〈如山堂〉：「飯餘行挾冊，醉後臥看山。舉世皆忙者，無人伴我閒。」來補充「行冊」的命名意涵：在一樓喝咖啡、二樓吃飯後，可上到三樓的圖書館看書、發呆或冥想。

回首往事，兒子還沒上小學，就在家裡獨力畫海報，去跟巷口雜貨店阿姨商量，將寫了「跳樓大出租」的注音符號海報張貼在雜貨店的牆壁和自家的信箱上。把他看完的童書，像租書店一樣編列表格，出租給鄰居的孩子。炎炎夏日，我從學校回家，發現他呼朋引伴開了冷氣在家裡做生意，見我回家，小朋友作鳥獸散。他邊趴在地毯上數錢，邊告訴我：「你以為賺錢是容易的事嗎？」後來，我將這件事寫成文章在報紙上發表，因此震驚社會。《民生報・兒童版》不但寫了報導，還舉辦活動，邀請這位為賺取零用錢而開小小租書店的小老闆從中壢過去報社，將創業經驗分享給台北的小朋友，並接受質詢。

小學一年級時，他跟我們說：「我將來想賣包子。」「為什麼呢？」大人漫應著笑問他的童年人生規劃。他鄭重其事回答：「巷子口雜貨舖的阿姨，每天早上賣包子和豆漿，生意好得不得了，我看她找錢的時候，肚兜裡的錢都多到『流』出來了。」他用了「流」字來形容鈔票，大人們全笑翻了，說：「就愛錢哦。」

小學三年級，我到學校去開懇親會，兼任福利社業務的導師跟我說：「妳兒子幾乎每天都到福利社來報到，買麵包、汽水的。」我大吃一驚，等他放學回家後質問他錢從何處來？他說同學懶得去福利社排隊買東西，他自告奮勇幫忙買麵包和汽水，同學同意每人多出一點點走路工，湊足四、五個人，他就可以擁有一個麵包或幾個汽水瓶的退瓶費，我們聽了真是目瞪口呆。

他不停地在「我的志願」為題的作文裡，揣摩上意，很世故地寫老師最喜歡學生寫的「醫生」或「科學家」；卻在實際的生活中不間斷地告訴我們具體可行的方案：「我要賣包子，不然，開租書店也可以」；或向金錢看齊的「我想當總經理」，長大些則變成純反對的

「做什麼都行，就不想跟你們一樣當軍公教人員，過一成不變的生活。」

考大學時，以他務實的個性，我們鼓勵他甄試政大新聞系。大學即將畢業的暑假，他當背包客去了印度一個月，被慫恿批發了兩包珠寶，上了惡當，我覺得此事對他而言是好事，吃了虧、學了乖，對人間的險惡開始有所警覺；就業幾年後，前途一片看好之際，卻不顧一切辭職前往南美洲壯遊近一年。他像泥鰍一樣，父母總抓不住他，只能望著他的背影，彼此低聲自我安慰：「兒子應該不會胡來，凡事有所斟酌。」他畢業後，沒有從事過一天的新聞工作，一直往從商的路上走，練習做業務、努力去行銷；從南美回來後，又被原老闆抓回去，換當工程師，接著又接下研發工作，成績都不壞，甚至曾獲得頗負盛名的國際大獎：iF材料創意獎。他卻覺得公司的工作都已嘗試過，不再有吸引力，寧願回家帶小孩。我譏笑他學非所用，白白浪費了十年時間；他卻輕鬆以對，說任何的學習都不會白費。

等到他們忽然宣告租了樓房，打算做生意，我們總算稍稍放了心。卻沒料到，當他們找了空檔，帶著兩老去看租屋時，我們簡直瞠目結舌、絕望至極。分明是廢墟一片，古舊剝落。兩老回家後，只差沒坐對垂泣了。但他們興致勃勃開始了重新打造的工程。偶爾帶兩個小孫女回來，總是放任小朋友纏住阿公、阿嬤和小姑姑，自己埋頭滑手機。外子在他們離開後，常偷偷跟我埋怨：「現在的年輕人真不負責任，只管低頭玩手機，小孩子都不管，有這

《行冊》複合式餐廳一樓的「客廳」。

《行冊》複合式餐廳二樓的「餐廳」。

樣養小孩的？」

幾個月後，萬事告一段落，夫妻倆邀請我們：「可不可以請你們帶些朋友來餐廳試吃？」他開車載著我們再度回到原先的廢宅，一推開大門，我的眼睛忽然一亮。四下參觀，這才驚訝發現該四層樓已完全脫胎換骨，煥然一新，變成一幢讓人驚豔的樓宇。這時，才知他們的用心。原來他們認真低頭滑手機是在網路上發現驚奇，尋索可以取經的特色餐廳，有時則下到南部搜尋特別的室內裝潢材料，甚至到回收的垃圾堆裡去尋寶。為了這上下四層樓，真是煞費苦心。

真沒料到，從五歲的一場租書夢出發，竟然真的讓他走出了一間這樣的複合式空間來，而三樓也真有一間充滿想像力的租書店擴大版——小型圖書館。五六歲時的租書夢，成就為一間頗具創意的典雅圖書館；昔時嚮往的包子店，變成了提供地中海食物的餐廳和咖啡店；整間《行冊》甚至在去年年底獲得「二〇一六老屋新生大獎銀獎」肯定；總經理的夢在這間四層的有故事、有歷史淵源的樓房立基，童言稚語驀然在三十年間成真，像一則奇詭的諭示，早在五歲那年便用意念扎了根。

我開始思考夢想與現實的距離有多遠？我自己在小三那年的簿子上，也寫下過「當歌仔戲演員」的志願；在高一的作文裡發願「能在大型的場合中做一場演講」，當時被老師斥為

「不登大雅之堂」的作文簿上的志願，竟然在幾十年後脫胎換骨成為「教授戲曲的教授」，和歌仔戲演員的志願看來也相去不遠，兩者都在作秀，只是一個在舞台，一個站講台；而逐漸的，在大型場合演講也變成稀鬆平常。同樣的，兒子的「賣包子」、「開租書店」「當總經理」的志願，如夢般逐一實現。這也許不能只稱之為巧合，而是強烈的意念先行的結果，看來志願好像不必只停留在作文簿子中，而是可以藉由念力在真實的人生中實踐。

《行冊》已經經營了一年有餘，每回，我總可以從他們夜裡來接回小孫女時的神情猜測出那天生意的好壞。生意熱鬧的時候，他們都高興地笑說：「要是生意常常像今天一樣就好了，但要維持這種盛況真不容易。」生意清淡的時候，我們總鼓勵他們：「做生意本來就不容易，慢慢來，別著急。」他們努力改善食物和服務品質，除了一樓的咖啡和二樓的餐廳外，他們還絞盡腦汁充實三樓的圖書空間，希望對獨立書刊的推廣盡力，以此之故，《行冊》去年被經濟部推薦，經過台灣公益團體自律聯盟實地查核，並召開社企登錄諮詢委員會審核後，登錄為「社會企業」，兒子回來驕傲又半靦腆地跟我們說：「既然很榮幸名列社會企業，我們得更認真做些事來名符其實」。

這讓我不由得想起，媳婦在重新改造《行冊》的空間時，曾跟我們談起她先前任職媒體時，幫忙企業到新竹尖石鄉拍公益短片，發現當地的小朋友一心認真打棒球，去比賽時，常常發愁沒有衣服或鞋子穿。她說：「當時我就想，若有朝一日能有點出息，一定不能忘記那些偏鄉或弱勢族群的困苦和艱難，要好好做點公益。」當時，她們走後，我記得外子還跟我用閩南語取笑他們：「八字都猶未有一撇，就開始咧下大願（在許大願）。」

一年多前，《行冊》開幕那天，兒子跟媳婦希望我在開幕式上朗讀一首詩揭開序幕。我特別選了王昶雄先生〈阮若打開心內的門窗〉，王先生曾在《民報》之後繼起的《新民報》裡發表詩作，他在一九五五年寫的這首詩，經過呂泉生教授譜曲後，傳誦不絕，幾乎已成為台灣人心情的代表。我選擇朗誦此詩，一方面是取其歷史傳承意義，一方面是為詩中所洋溢的生命力與年輕的熱情所感動，相信這正是推開《行冊》大門時，所希望帶給大家的感受與祝福。如今，我開始認真想像這首詩裡所說的五彩的春光——與心愛的人相聚；坐下來細細想想故鄉的父母與田園；回味最珍貴的青春美夢等素樸又繁華的景象等，真能在大稻埕的一個角落出現。

也許小時候的志願，不會只是一個無意義的口號，或僅是一則無法實現的傳奇，認真起來，它是可以成真的，我如此認為。

——原載二〇一七年四月二十一日《聯合報・副刊》

向最愛告別

每隔一段時間，總會遺失一些東西。有的當日就發現，大部分是下回要使用時才找不著，更多的也許是連遺失了都渾然不覺。活到這年紀，生活中有些閃失是常事。只要自己不是太介意，或對旁人的生活沒造成妨礙，好像都在容忍範圍內。感覺比較大的遺憾不是丟了東西，而是丟掉的東西大多是自己最珍愛的。

以前總弄不懂，為什麼老是把最愛的東西給搞丟了；仔細想來也不難理解。因為偏愛，所以經常取出來使用，露臉的機會多了，遺失的機率當然也相對增加；而不怎麼在意的東西就算丟了，因無關宏旨，所以，或許根本沒發現也未可知。

靜坐回想，常常為某些不該掉卻不小心遺失的東西浩嘆、飲恨。一日午後，跟女兒閒聊，為了一件遺失的外衣慨嘆惋惜，說：「好不容易才買到一件穿起來像樣的衣服，竟然就這樣掉了，真是太可惜。」女兒回我：「哪一次妳丟了東西不說可惜的！每次都說那是妳的最愛。」我吶吶辯解：「哪有！我雖然糊塗，常常忘東忘西，但是最終大多找回來，真正確認遺失的，也沒幾件吧！」女兒哼哼冷笑著，立即如數家珍地當場扳手指數起來，竟不費吹灰之力就扳到手指都不夠用。每說完一件，她都在後面加一句：「這個東西難道不是妳最愛的？」我機警地回應她：「活到六十幾歲，才遺失這麼十幾件東西，平均起來，六年才丟一樣，妳不覺得我活得已經很謹小慎微了。」話雖如此，但經她這一一幫我盤點，還真是令我越發痛惜不已。

話說那件讓我叨念不止的白色外衣，失蹤的情境堪稱最弔詭。當時，我穿著它去榮總探望生病的雷驤大哥；回程時，在捷運上用手機和臉友在臉書上就同性平權議題舌戰，殺氣騰騰，心情好悶；加上天氣轉熱，我把身上的白外衣脫下，搭在側背的包包上方。下了捷運，坐上外子所騎的機車。我記得當時還整了整包包上的外衣，以防被風吹走，誰知這一整竟成為永訣。晚間，我在發現衣服不見的第一時間，兩度循著下午的「車」跡，順勢、逆勢來回尋找，卻都無功而返。

這件外衣是從姪女儂儂新開的服飾店裡購得的，我用實際行動支持年輕人的創業。第一次穿它是去參加一場兩岸文學會議。跳下計程車之際，台灣主辦的代表——師大教授胡衍南和作家吳鈞堯還遠遠高呼：「啊，郝譽翔來了。」郝譽翔是文壇知名美女教授，以妖嬌嫵媚聞名，被誤認讓我開懷不已。表示穿上這衣服讓人顯得多麼年輕，難怪遺失之後，讓我懊惱不迭。不死心，再去買一件，儂儂卻說僅此一件，再無其他。外子判定：那日午後風大，約莫是被風兒席捲去了。我只能賭氣站到店外，對著風懊惱慨嘆青春一去不復返。

風，真不是個玩意兒。好些年前，我在百貨公司買了貴參參鵝黃色短袖線衫一式兩件，臨走，看到門口櫥窗內一條淺色圍巾上幾隻蝴蝶翩飛。售貨員想是看出了我眼中乍現的火焰，立刻展開三寸不爛之舌，我於是被游說著夾帶那幾隻蝴蝶走出店門。

剛好次日好友芬伶邀約去東海評審文學獎，我讓蝴蝶包圍在脖間，開車南下，心情歡暢無比，撲撲欲飛。評審完，情緒高亢。外頭風大，我背著皮包，左手護包、右手護巾，急跑到停車處，鬆開右手拉開車門上車。後來回想，可能就在那鬆手的片刻，蝴蝶藉風使力，在不提防間飛走了，而我還得意洋洋，重踩油門，飛奔上高速公路。我必須說：風，真是個壞事的傢伙。

有關於蝴蝶飛走的事，也不僅一回。蝴蝶飛走總是神祕，招呼都不打的。好友平路曾贈我一只翠綠蝴蝶別針，通體透明，姿態翩翩，是知名品牌施華洛世奇（SWAROVSKI）的產品。曾經在某次宴會中，無預警從胸前跌落，除了金屬別針脫落外，水晶蝴蝶竟毫髮無傷。

送回原廠修補過後，翩飛依舊，卻在某一個春日的旅遊回程中，不知飛向何方，讓人惆悵不已。只不知我回贈給平路的那只同牌蜻蜓是否還安然無恙？抑或和我那隻蝴蝶商量好了雙宿雙飛去了？

說到別針，還另有一件恨事。我剛轉去國北教大教書時，因學校的空間有限，我被安排和「課程與教學傳播科技研究所」的李宗薇教授共用一間研究室。兩人雖然上課時間不同，見面時間不是太多，但因空間窄狹，也培養出相濡以沫的革命情感。後來學校新蓋了大樓，空間稍寬裕，得以各擁一室。在我遷居時，承蒙李教授厚贈一只金質玫瑰花，堪稱平生罕見的美麗。

一回，我應邀去中部的扶輪社演講，我在正式的上衣別上這朵閃亮的金質玫瑰，覺得自己總算跟那些多金的會員稍可匹配了；誰知，講完，赫然發現玫瑰沒有跟著一塊兒回家，它琵琶別抱了。我趕緊商請演講地點的金典飯店協尋，卻沒下落。審視他們當場致贈的演說照片，證明演講時玫瑰猶棲胸前。到底何時遺失？遺落何方都不可考。差堪告慰的是，雖然丟了一朵珍愛的玫瑰，但蒙邀請人大古鐵器老闆林允進先生殷勤款

遺落了金質玫瑰別針，卻意外獲贈美麗的鐵壺。

待，去位於中科的工廠參觀，他親做導覽，還厚贈沉重漂亮的大古鐵鍋和茶壺各一只，烹煮雞湯或沖茶、煮咖啡，都格外香甜。

雖然如此，那朵美麗的玫瑰花卻時時在胸中、腦海翻攪，不管去到何處，總不忘在飾品店裡流連，痴痴尋找，希望能覓到與那一朵相同或相似的玫瑰花胸針，一則補恨，一則聊慰相思。其他文友時相會面，約會猶可期；但李教授和我相繼退休後，似乎不太容易有機會見面了。

說來慚愧，平路還曾經送我一條柔軟又別致的圍巾，深黑中微露細長淺灰，似有若無，有種神祕的欲露還藏，深具餽贈者的特質，煞是好看。好幾年間，我一年到頭圍在脖子上，是我最實用且珍視的禮物；卻也在某個乍寒還暖的早晨，經地毯式搜尋後，宣告失蹤。

遺失的東西中，就數圍巾、耳環和別針為最大宗。年輕時，崇尚自然，唾棄這些披披掛掛的小飾品，視為累贅。首次改觀，是樓上的鄰居太太黃錦慧帶著兒子移民加拿大後，從溫哥華回國時送我的那條紫藍交揉圍巾時。試披後，在鏡前攬照，感覺好夢幻，加上眾口交讚，才改變我的偏見。但這條圍巾並未久留。一回，帶朋友去「鼎泰豐」吃飯，被我遺落在餐館的椅背上。過一個鐘頭後發現，回頭去找，已杳無蹤跡。

其後，旅居紐約的高中好友張紅珠從西藏旅遊後返台，又送我一條粉紅披肩，說是西藏所產，顏色粉嫩，非常保暖，不幸在一趟出國旅程中也失蹤了。幾個月後，我在同團共遊的一位不甚熟識友人臉書上，看到她披著一模一樣的披風在鏡頭前展示丰采。我大驚小怪拿給外子看，他淡定打發我說：「這種顏色披風並不少見，雷同的可能性高。」我委屈反駁：「我不是懷疑被偷，只是覺得誤拿的可能性不小，你別以小人之心度君子之腹。」外子納悶睨了我一眼，意思我懂，是質問：「誤拿跟被偷的差別在哪裡？不過主格一個是被嫌疑人，一個是受災戶罷了。」

二〇〇八年，我們幾個好朋友相約著去法國和西班牙、葡萄牙遊覽，順道參加林明德和賴芳伶教授的女兒在法國莊園所舉辦的婚禮。陽光滿熾烈的，我們在教堂開門前的等候時刻，閒逛了當地小巷弄間的舖子，忽然看到一頂米色素雅圓帽子像是在櫥窗內跟我熱情招手。素來不戴帽子的我，竟毫不遲疑地買下它。接下來的行程，我一直戴著它，質料溫柔清爽，越戴越喜歡。誰知，在返台的機場，才警覺我居然把它遺留在西班牙乘坐的最後一輛遊覽車上，真是搥胸又頓足。

前些日子，靜娟姊在臉書群組對話框中PO出戴新帽的照片，大夥兒都讚美她像畫家，忽然勾引起我的心事。我花了工夫找出一張戴了那頂帽子的照片，並PO給朋友看，摹寫當時心情：「發現帽子遺失時，簡直不想回台灣，為尋這頂帽子甚至想繼續留在西班牙。」宇文正安慰我：「好可惜喔！我們來想辦法找一頂相似的，慢慢努力找找看。」啊！這樣的溫暖，聽了真是窩心到極點。

另有兩副手工製的耳環，是多年前外子和我去邁阿密旅遊時，正逢當地的嘉年華會，外子跟一位很有創意的攤商買的。因屬手工製品，精巧典雅，且獨一無二，我特地為此去穿耳洞，那段時間幾乎一有約會就戴它。不料，一次到馬祖演講完，將它脫下放電視機上，竟忘了攜回，發現後直捶心肝；另一副不必穿耳洞的，在某次上洗手間時，不慎在轉身時掉落馬桶內，心一急，竟直接按下沖水把手，眼睜睜看著它就那樣捲入馬桶深處。那種絕望的感覺，哎哎哎！真是別提了，丈夫的愛心，不是留在外地，就是盡付流水，這是什麼暗喻嗎？

在文壇中，席慕蓉堪稱最溫柔的大姊姊，好會鼓勵人。一回，承她贈我新書，我回送給她一本拙作，委婉跟她提起多年前的一封來信及這次的題贈裡，都將我的名字寫錯了：「我的名字中的『蕙』不是『慧』，來信的信封及題贈上都誤植了。」她飛快回了一個附了一封信的小包裹，信上說：「竟然將大名寫錯，真該打！不知有何地可以自容才好，心裡很羞愧。可以將從原鄉帶回來的小東西呈上，替我說說情好嗎，請大人不記小人過好嗎？」我打開盒子，竟然出現三條項鍊，墜子分別是小水晶與瑪瑙石，十分精緻可愛。她還補充說明小水晶已切割加工，是商店出售的飾品；兩個瑪瑙石是牧民從戈壁灘撿拾的天然之物，雖然是在「奇石節」擺攤販賣，但是：「據一位考古學者告訴我說它們是六千萬年前火山噴發時灑落在地上，而經自然界的風霜雨雪打磨而成各種形狀與光澤。我們故宮的『肉形石』，就是出自同地、同質。大自然的加工真令人難以盡言了。」我雖萬萬不敢當、受之有愧，拿在手上卻又歡喜不迭。

一想到這幾個墜子，得來如此不易，加上席大姊一向愛心無極限的時相鼓勵，我真不敢掉以輕心。我將它們嚴加包裹，輪流視衣著的款式、色調，選取搭配。一日忽然其中的一條琥珀墜子項鍊不翼而飛，我急得發狂，四處翻找尋索。就在即將灰心喪志之時，竟在一件冬衣的口袋裡摸到，失而復得的複雜感受，真是難以形容。

人生得屢屢向最愛告別，告別的對象何止於人，也及於眾生萬物。向最愛的飾物告別，是以小見大，亦可見感傷與惆悵之勢不可免。〈蘭亭集序〉裡，王羲之發出終極之嘆：「向之所欣，俛仰之間以為陳跡，猶不能不以之興懷；況脩短隨化，終期於盡。古人云：『死生亦大矣。』豈不痛哉！」正道盡了我寫作此文的心之所繫啊。

——原載二〇一八年二月十四日《聯合報・副刊》

早晨的那杯咖啡

一早，電話鈴聲響起，從書房傳到臥房，延伸過長長的玄關。睡夢中隱約聽到，似有若無，電話響了好久，在我終於決心去一探究竟時，忽然就停了。正想繼續賴個床，沒隔兩分鐘，電話又不死心地響起，那聲音聽來是不達目的誓不甘休的樣子。這回，我果決地從溫暖的被窩衝出，急奔到書房接聽。一個精神奕奕的聲音說：「我是中華電信，你們的MOD出了什麼問題？」

迷迷糊糊的，我複述了一遍他的問題，想起昨晚外子和女兒彷彿打電話到中華電信問了什麼問題，我原本想把女兒或外子中的其中一人叫起來接電話，想想，天氣好冷，實在不忍心。於是，努力回想，終於想起好像是MOD的遙控器，於是跟他說：「遙控器不靈光，始終無法輕鬆啟動開關，每每得按了又按，換各種角度按得咬牙切齒，這樣正常嗎？」

可能是因為聽到「咬牙切齒」四字的形容太象形，對方在電話裡哈哈笑開了，很理解地說：「那好，我知道了。九到十點之間我會到，屆時，你們家有人在嗎？」

當他準時在樓下按門鈴時，我正在煮咖啡。為了測試前些日子新買的保溫瓶的保溫能力，我放下煮四杯的咖啡粉，打算多煮兩杯放進壺裡，等幾個鐘頭過後，看看保溫狀況。既然人家前來幫忙解決問題，我們當然不好只是自己享用或藏私，幸好多煮了兩杯，當然好的東西拿來跟好朋友分享。

男人很客氣地婉拒，外子問他是不習慣喝咖啡嗎？他說他是可以喝咖啡的，只是不好意思。我說：「如果是因為不好意思，那就不必拘禮，一起喝一杯吧，今天的咖啡不錯的。」男人露出不好意思的表情說：「一進門，就聞到了，真香。」

咖啡煮好了，問他習慣加奶嗎？他沒回答。我猜測他是喝加奶的，因為不加奶的人通常會很驕傲地回說：「不加，我喝黑的。」以表示他是喝咖啡的行家，不怕吃苦。

於是，我進廚房拿出鮮奶，用雀巢專用打奶器將奶加熱，然後倒入咖啡裡，請他工作前先喝正冒著煙的咖啡。他說：「不行！工作優先。」然後認真檢查，把舊跟新的兩支遙控器頭碰頭的對著，按了幾下，綠光閃了閃，就說好了，已經幫我們換了一支遙控器。

試過新換的遙控器，證明可以正常操作後，我悵然若有所失，又催他：「喝咖啡吧。」

心裡急啊！熱熱的咖啡眼見就要涼了，豈不可惜。他沒理，還好整以暇地東看西看。外子忽然想起昨晚女兒曾設法將網路臉書連上電視，好像沒有成功，問他是電視沒有相關軟體支援嗎？那男人把頭探進電視後方，忽然有另外的發現，說我們的傳輸線是舊式的，問我們要不要換一條ＨＤＭＩ線？我問他那是什麼？外子怕我丟了他的面子吧，很快搶先回答：「是高畫質影音傳輸線。」我說可以啊，但還是再度提醒他咖啡要涼了。這回，他依然說：「工作優先。我先下樓去拿傳輸線。」我只好放棄強迫他趁熱喝，這麼個敬業的人別讓我給教壞了。

二度上樓後，他三兩下將傳輸線搞定，我們都忘了繼續探問臉書連上電視的疑問，只慶幸他終於可以喝口咖啡了。沒有！他完全無視於我們夫妻的焦慮，說是要展示換高畫質傳輸線之後的畫面質地給我們看。我頻頻注視那杯咖啡，一方面乾著急，一方面又深自檢討自己真的很自私，只顧著管自己煮出來的那杯咖啡能不能在最佳狀態下被喝。因為心急，他一打開電視節目，我就亂答腔，企圖縮短時間：「嗯！真的很不一樣，畫面清晰多了。」他納悶地看了我一眼，說：「這個沒什麼不一樣，要有ＨＤ高解析度的節目才有區別。」這話說得我好慚愧，盲目加三級，明顯拍錯馬屁了。

電視節目沒找到合適的，他按出ＭＯＤ上的電影台，慢慢找尋有ＨＤ字樣的影片，找好久，終於找到標示高畫質的。轉頭問我：「妳看！有沒有不一樣。」其實我一點也看不出有

晨起來一杯香醇的咖啡，醒腦又享受。

什麼兩樣，我這人粗枝大葉的，但他既然都費心換了，而且顯然如此自傲，我只好欣然附和：「哇！真的，高畫質就是不一樣。」說完，我又忍不住轉頭憐惜地看了看那杯必然已經冷掉的咖啡。

得到滿意的答案後，他總算決定喝咖啡了，我不免有些失落，一杯冷掉的咖啡！

但是，這位男子還是顯露了相當的振奮，外子遞給他一片玉米巧克力配咖啡吃，他邊吃邊喝，看起來相當滿意。喝完後，咂咂嘴，說：「今天真是太棒了！早上就被你們招待喝了一杯香醇美味的咖啡，整個世界都變得美好起來。」他可能被咖啡感動，決定投桃報李，不但傳輸線不收費，還要再加送我們另一支遙控器。他說：「夫妻各用一支遙控器，就不用搶了。」我本來想跟他說：「如果你早些喝咖啡，味道會更好些。」但既然他都已經如此滿意，我就不用再逼人太甚了；但有一句話很想跟他說：「有兩個遙控器真的太感謝了，但沒有兩部電視可供遙控真有些遺憾，要不要再附送一部電視機……」但意識到畢竟已經是花甲之年的人了，總該像個樣，開玩笑得適可而止，就別三八了，我終究把這句冷笑話硬生生給吞了下去，那滋味感覺應該就像他喝掉的那杯冷咖啡。

——原載二〇一八年二月七日《自由時報・副刊》

學不會放輕鬆

游泳是我人生的罩門。

妹妹在我三歲多時溺斃在三合院外的池塘裡，我親眼看到她被打撈上來。我不確知這是不是我年少時畏懼學游泳的隱性原因；否則，我其實是有很多機會的，但就是一再錯過了。

小學高年級時就讀台中師範附小，是個貴族學校。印象中，學校裡是有游泳池的，但我確信沒在學校的泳池裡下過水，是家貧買不起泳衣？還是怕水？現在已想不起；初、高中念台中女中，倒是印象深刻。體育課有多次練習游泳，我若非躲躲閃閃，就是佯裝熱心，在岸上幫老師點名。說穿了，就是不肯下水，體育成績寧可用最沒把握的二百公尺跑步代替。

當了媽媽後，送兒子和女兒去學游泳似乎是每個家庭主婦的必然任務，我也沒能免俗；但孩子在池裡享受清涼時，我常做壁上觀，沒有親水的慾望。外子知道我不會游泳，唆使我趁機學習，一兼二顧別浪費時間。他自願當教練，半強迫地押著我下水。因為他的熱心，我總算學會屏息埋頭潛水游一口氣，但沒學會換氣。

我幾次回應朋友的詢問，都說：「我會游泳，只是不會換氣。」一位朋友約莫是連續聽了幾回，忍不住了，偷偷在我耳邊叮嚀：「不會換氣不算會游泳，以後別告訴人家說妳會游泳。」我雖然窘死了，卻也沒有被激出積極學習的動機。

這種態度直到小孫女誕生之後的那個夏天才起了微妙的變化。小孫女的爸媽給她買了個塑膠泳池，開張那日，我應邀前去參觀，那個泳池相較於小嬰兒，顯得又深、又大。被放進泳圈內下水的小孫女，原本啼哭不止的，竟然馬上就安靜趴臥，一副十分享受的模樣。雙腳還不停踢動，偶而還來一個美麗弧度的轉彎，真是讓人驚豔。那時，她才兩個月又二十二天。

「孫女將來該不會成為游泳國手吧！」我心裡這樣揣測著。那年，籃球健將林書豪發威，媒體鏡頭成天追逐著他的身影，連帶他的阿嬤也沾光。我開始做起白日夢——也許可以跟林書豪的阿嬤一較短長。小孫女若真的為國爭光回來，我這個當阿嬤的也要好好上美容院「謝斗」一番，然後跟林家阿嬤一樣撐著醒目的花傘，讓記者在大街小巷裡追著跑。偶而停下腳步，回答記者的提問，害羞地說：「小孫女從小就乖，很黏阿嬤；看到阿公就『罵罵號』，哭不停，一定要阿嬤哄著才肯睡，一向跟阿嬤感情最好。」「每次比賽得獎，她都會先打電話給阿嬤報喜，因為以前都是我教她游泳的。」

想到這裡，阿嬤我開始自慚形穢起來。如果沒學會游泳，這個白日夢如何做下去？於是，就在那個暑假，我鼓起勇氣去學校的健身中心游泳班報名，決定提前為將來鋪梗。

教練是一位修長的美女。她讓我從蛙式學起，先教嘴巴吸氣、鼻子吐氣，接著是踢腿和掬水洗臉再潑水般的手式。以前常誤以為自己手腳麻利，天生睿智，直到上了游泳課才知大謬不然。

每一回上課，我都陷入一團混亂中。我發現自己的手腳完全無法協調，顧了腳，就顧不上手。美女教練既溫柔又有耐心，她不斷地婉言鼓勵：「很好！已經比剛剛進步多了。」整節課下來，這句話說了不下三十次，似乎也挽救不了什麼大局。兩隻腳板好像總是沒辦法正確外翻，而且力道也不一致，以致常往左邊傾斜過去；再加上吸氣、吐氣吐納功夫的不易配合，我終於了然混亂的人生是什麼滋味了。

一次一次的水中奮戰，雖然一逕手忙腳亂，進步有限，可我沒死心，持續在水花中埋頭苦練。只要稍微把頭抬到水面一些些，慈悲的教練便給我慷慨的打氣：「這趟，其中有一次的抬頭吸氣已經很接近了。」為了沒能超越底線，老辜負老師的期待，我開始陷入極度自責的情緒裡。一次，我在水中吃了幾近一大缸子水後，很感慨地嘆息：「學游泳真比寫博士論文難多了。」教練眼睛一亮，回說：「那意思是說我可以回去進修學位囉！」我說：「當然！以妳對游泳的領會及技術來看，拿四個博士學位都應該沒問題。」教練開心地笑了。

她接著說了看起來抽象、實則很精準的評語：「妳只要放輕鬆就行了，心理跟身體都放輕鬆就沒問題了。」是的，我的人生就是始終學不會放輕鬆。教練這番話就跟醫生看了我的頸椎X光片後的說詞異曲同工：「常人的頸椎是上下寬、中間部分略窄些，妳的與眾不同。妳太緊張了，頸椎太正直了，沒有曲線。」啊啊！正直的人註定吃苦，手麻肩痠是生理，學不會放輕鬆是病灶，這樣的人註定無法在人世間悠游浮沉的，怎麼樣都學不會需要吞吐自如的游泳吧！想到這裡，不免有點洩氣。

經過偌多挫敗後，教練看來再也找不到什麼能夠鼓勵我的話了。我常常茫然立在水池中央，不知怎麼安慰可憐的教練，只能乞憐地朝她說：「可是，我真的很認真啊！」教練嘆了口氣，回說：「是真的，妳的確很認真。」我稍稍明白項羽自刎烏江時的感覺了，他是「無顏見江東父老」，我是「無顏見辛苦教練」。

因為失敗連連，我曾在臉書上大嘆：「學游泳的心得是：王冕根本就是個大騙子！說什麼『天下豈有學不會的事！』如果不是王冕存心騙人，那就是吳敬梓太會瞎說；否則，我這麼認真學游泳，怎麼老學不會！」

臉書裡馬上湧進大批的建言與鼓勵。有人直言：「王晃當初也是經過經年累月的練習才有後來的成就的。」我聽得出是婉轉批評我練習不夠；有人具體傳授竅門：「蛙式上半身是利用雙手向兩側划水，將水向外、向下壓，讓上身浮出水面、而不是抬頭。若沒有壓水的動作，頭部是無法完全浮出水面的。」這道理我懂，但知易行難啊；有人教我「可以看著教學光碟學習。」有人說要念口訣：「縮腿、腳外踢、往內夾、放鬆身體往前漂」「鼻吐氣、發出聲、嘴吸氣不吃水。」一位朋友告訴我：「我學了七年才終於學會換氣，關鍵就在有一天在師大游泳池練習時，一位看不下去的老阿伯提醒我，你屁股翹那麼高幹嘛？屁股壓下去，頭才會自然抬起來。」朋友的意思是要告訴我，這跟身體結構有關，跟有無放鬆無關。但我把這樣的成功視為神蹟。

有位早年在中正理工教過的學生，甚至建議我換教練：「老師所面臨的，不是慢慢來的問題。而是要有個能點出問題並有效矯正姿勢的教練。我推薦樓上（指臉書上層留言）的蔡自健教練。我以前完全不會游泳，大二暑假，由蔡學長教我一個月蝶式，暑假過後回學校參加運動會時，就在蝶式比賽中獲得全校第六名。」

我看了留言嚇了一大跳，自健教練是我的學生，但美女教練也是我的臉友。我擔心美女教練看到這些留言會傷心，我可不能因自己的愚蠢連累她喪失信心。我趕緊上臉書回覆：

「別開玩笑，我現在的教練超好的。我的運動神經一向較差，她能把我教成這樣，我已經很感激了。重要的是，她很有耐性，又很美麗。我發誓會在課程結束後，展現雌風。（握拳）以後等想學蝶式時，我再來考慮折磨自健。」蔡自健同學也忍不住了，偷偷跟我聯繫，我們因此有了一個午餐約會，午餐前先下水。可惜的是朽木不可雕，再好的教練最終也告束手，我依然故我。

一天，跟小說家平路一起吃飯，飯後走出位於仁愛路圓環附近的餐廳，面對天上一輪皎潔的明月，聊起近日何為。平路說她常去游泳健身，這一說，不免觸動我關於學習障礙的難堪心事。平路聽完我的沮喪，輕聲笑起來，慢條斯理寬慰我：「游泳換氣的事，也曾困擾我許久。說起來神奇，就在不留神的某一秒中，我忽然就心領神會了。妳別著急，屬於妳的那一秒，可能就會在近期的某一天、某一時刻出現，妳等著。」她一說完，我忽然看見那輪渾圓的月亮竟沒入雲中。

那天之後，忽忽已過六年。我老想著那一輪明月，也一直痴痴等候那神奇的一秒鐘，可惜始終沒有出現。我絕望揣想，我一生可能都學不會放輕鬆了。

——原載二〇一八年十月二十日《聯合晚報・副刊》

短暫結了一門親

前年，原訂去馬祖南竿的演講，因為颱風順延的關係，又在北竿中山國中多安排了一場；原訂飛往南竿的班機，也臨時轉往北竿落地。同行的外子好興奮，因為久聞芹壁的風光無限，可以順理成章找到機會觀光順便寫生；沒料到的是，在此意外地短暫結了一門親。

那天，天氣意外的晴和。演講安排在午後，難得來了一趟馬祖，主辦單位希望讓我多看看當地的風情。除了趕上中山國中的校慶；在北竿塘岐村，還參與了非常特別的「圓夢計畫」。當地的教育局費盡心思，邀請七旬以上的老人一起拍婚紗，一圓當年戰地貧困艱苦而未能穿禮服、走紅毯的夢想。

喜氣洋洋的日子，聽說這些老阿嬤早上六點半就啟程，開始全天候的工作。女兒、媳婦帶著媽媽、婆婆來挑婚紗、化妝、梳頭做臉。大約八、九點發車，每一位老人家都配備一台轎車、司機、志工與攝影師，陪她們到島上各自喜歡的景點拍攝婚紗照。

村裡還幫阿公、阿嬤們安排了一場集體婚禮，放鞭炮、走紅毯、灑花、小花童領路、掀頭紗的儀式一樣都沒少。各自的家人都從四面八方回來團聚慶賀，最高壽的九十三歲阿嬤，沒了阿公，還由劉縣長攙扶入場，場面溫馨感人。

聽說這活動已經辦了兩、三年了，真的好特別。不知怎的，當天，我的眼淚控制不住地從頭流到尾。廣播器裡娓娓介紹著：闔家從台灣及離島各處奔回的，我看見她們一整個家族舉手歡呼，感動得流淚；孤身踽踽獨行的，我感同身受地感傷落淚；小孫子、孫女陪著靦腆走紅毯的，我也興奮地流淚拍紅了手；老伴艱難舉步相伴的，我看了更是涕泗縱橫；縣長親切挽著老阿嬤走長長的紅毯進禮堂，我也哭個沒完……。全場看來就我最入戲，真是滿失態的。

其中一位阿嬤，單獨由南竿前來。聽說這位阿嬤年紀小小就由北竿嫁去南竿；年輕時曾跟夫婿到台灣謀生。日子過得很是不堪，經濟窘困不說，還飽受丈夫暴力之苦。如今，丈夫過世，沒有一男半女的她獨居南竿。雖沒了家人、親友陪伴，但在社福單位的協助下，晚年反倒過得優游自在。

她在社工的遊說、邀請下，也加入「圓夢計畫」。重回故土的她心情激動，一早跟車往

馬祖北竿的圓夢計畫，讓我們意外在異地結了一門親。

娘家的路上驅馳，放眼看去，都已非昔日光景。她敘往事，想今日，一路淚眼婆娑，哭得好傷心。我聽了，也跟著掉了一缸子的眼淚。

鞭炮聲響起，一個個老新娘、新郎，在家人簇擁下幸福地笑著走紅毯，獨獨這位寂寞的老婦張著茫然的雙眼跟隨在隊伍後頭踽踽獨行。當節目進行到在布置得美美的禮堂入口氣球花架前與家人合影時，每家幾乎都兒孫環繞，好不熱鬧。只有這位阿嬤看起來好張惶、好孤單。教育局的桂惠科長說起，眼眶都紅了。我靈機一動，拉著外子、科長趕緊小跑步趨前，權充溫暖的家人，跟捧著紅花卻一臉哀傷的阿嬤合照了一張團圓照。

至今想起，猶然記得那位傷心的老阿嬤紅著

眼卻對我們展露出的短暫笑容，啊！我們不小心在北竿結了一門親。

回到台灣，兩位小孫女看到那一張張氣球花架下阿公、阿嬤簇擁著的合照，好興奮。我問小孫女，這些新娘跟一般她常看到的新娘有什麼不一樣？小孫女很快回說：「這些新娘都比較老。」大孫女問我：「為什麼有這麼多老人一起當新娘？」我跟她們概述了馬祖的歷史，然後解釋：「因為他們年輕的時候，都很窮，結婚時，沒有錢穿漂亮的新娘禮服，可能也沒錢拍照片。現在年紀大了，有了溫暖的家庭，也想像公主一樣，穿白紗禮服，照個漂漂亮亮的相片，並接受大家的祝福。」

小朋友似懂非懂的，當電腦上出現我們和這位老新娘的合照時，小孫女指著新娘問我：「這是誰？為什麼看起來哭哭的樣子？」我說這是阿公、阿嬤在馬祖旅行時遇到的老阿嬤。於是，我跟她們說起這位老阿嬤的故事：如何少小離家老大回；為何臉上缺乏其他新娘一樣的笑容；還有她如今怎樣獨自寂寞地過活。兩位小孫女皺著眉頭，臉上露出悲憫的表情。

最後，我問她們：「聽完這個故事，妳們有什麼想法？」大孫女說：「我覺得我們好幸福，我們有阿嬤、阿公、姑姑、爸拔、媽嘛、外婆、舅舅……她一個人住好可憐。」小孫女也把她所認識的親戚都複習了一遍，慶幸自己不必獨居。我沒忘機會教育，問她們：「妳覺得辦這個活動好不好？」海蒂回：「很好啊！老人就需要幫助，如果是年輕人就不用幫助。」阿嬤進一步要求她說得更清楚一些，她說：「年輕人不需要幫忙，想幹什麼，自己去做就可以了；老人不一樣，他們就需要年輕人幫忙才行。」

小孫女年紀小，還沒辦法體會生活的艱難，但慶幸她們已經看見了自己的幸福。我們期待她們能開始環顧周遭的環境，進而培養出悲天憫人的情懷。

——原載二〇一八年三月二十七日《中華日報・副刊》

買一送一？

外子去逛國際書展，做了一件最跟國際接軌的事，捧回一個地球儀。

他說：「這趟我們搭機去歐洲，飛過中國大陸、蒙古、俄羅斯、瑞典、丹麥直到倫敦；又從倫敦轉機，跨過法國到巴塞隆納，繞了好遠的路。光用嘴巴說或看平面地圖，兩個小孫女不容易明白；我特地去買了立體地球儀，何況孫女海蒂上小學了，應該會開始涉獵地理、海洋生態，有個地球儀會方便學習。」

他邊說，邊從大盒內掏出一個褐黃色地球儀。我讚嘆地球儀好美，也順便送他一頂高帽，說他超有遠見，我自慚形穢，居然都沒有這麼未雨綢繆的想法。

他洋洋自得，加碼說：「這個要價二千元，但不是我買的，是送的。」

居然有人送他這麼有意義的禮物，我簡直要把他捧為英雄了。但是，到底是誰這麼大手筆送禮呢？

他慢條斯理說：「我買的地球儀明天才會送來，這是買一送一。我買的那個可以插電、打燈，妳看了就知道有多美，這個是贈品，比較小。」

我愣了一下，還有一個更大的？我們一口氣要兩個地球儀幹啥！這不是浪費錢？後來聽說他買的那個帶燈的要價三千八百元，我認定這是變相推銷。

我責備他說：「那你為什麼不買這個小的就好？不過是個地球儀而已，能用就好，幹嘛亂花錢。」

外子不慌不忙說：「這不是最小的，還有更小的，這算中的。而且也沒有只要一個的這種事。我如果只買這個中型的，他還是會送一個更小的給我，難道妳要我買最小那個玩具般的小地球儀？」

我瞠目結舌。這是怎的？像俄羅斯套娃嗎？就是「家裡要麼沒有地球儀，要麼就是一口氣有兩個地球儀」的概念嗎？說什麼買一送一，分明是強迫推銷。

第二天，外子購買的地球儀很快宅配來了。外子像變魔術般敬謹打開盒子，「噔隆！」一聲，取出一個更大的深藍和黃綠相間的地球儀，精緻美麗；外子插上電之後，整個地球儀煥發出奇異的光彩，透亮的藍海和彩色繽紛的陸地，我歡聲驚呼，肅然起敬；一旁呆立的那

買一送一的地球儀，結伴進了家門。

個二千元地球儀瞬間失色，淪為資質平庸的圓木球。

這讓我聯想起一件古早的事。我的朋友A是很早就具備前衛觀念的人。當我們還停留在「貨物賣出，恕不退換」的消費模式時代時，A已進步到敢於把已穿了幾天後發現有瑕疵的新衣拎回原店，要求退貨。當店員指著牆上的標語說：「我們不接受退貨的，牆上標語寫得清清楚楚，你應該在走出店門之前檢查清楚的。」他不管，跳過小夥計，強勢用洪亮的嗓音呼叫：「我不跟你囉嗦，你做不了主。你們老闆呢？叫你們老闆出來。」老闆含著一口飯被請出來後，禁不住他的理直氣壯，居然真讓他給退了錢。在「銀貨兩訖」當道的年代，這件豐功偉業曾傳唱友朋間，讓大夥兒佩服得五體投地。

一回，我們跟他一起逛街，在百貨公司外的人行道上，他看上攤販賣的一件外套。他討價還價半日，從五千元直殺價到三千，小販很為難地說：「這件衣服若在百貨公司裡買，至少五千元；我賣你四千元，一下子讓你省下一千元，何況我還會再送你一個值一千元的小皮夾。天下有這麼好康的事，你居然還不滿意！」A看了一眼小販手上的女用小皮夾，嗤之以鼻地說：「這樣不起眼的小皮夾哪值一千元，你真會開玩笑。」小販為了徵信，跟他說：「不信是吧？不信你進去裡頭，……」他指著人行道內側的百貨公司說：「你上去十樓賣皮包的櫃檯問問，這個包最少要賣你一千兩百元。你買我一件外衣，我破例降價一千元，再加送這個要價一千二的皮包，你一下子就現賺兩千兩百元。」在A咄咄逼問下，小販發誓賭咒的，堅稱那個皮夾：「絕對值一千兩百元，我若用一千元批發價賣，一下子就被搶光。我做人講道義，看你人誠懇，附贈給你。」

蘑菇了很久，最後A厲聲再做最後一問：「這包真值一千二？確實沒騙人？」他的口氣讓人以為他終於被說服了。小販高興地發誓：「我以人格保證，真的至少值一千元。」朋友接著說：「那好！你送我女用皮包，對我而言，一點用處也沒，我一個大男人要女用皮包做啥。既然你說它至少值一千元，我就相信你。我不要這個包，還給你去賣，你折給我八百元就好。如何？」

小販瞬間目瞪口呆，想是做生意以來沒遇過這樣的狀況，竟開始口吃起來，咿咿啊啊的不斷重複：「沒有人這樣的，啊！話不能這樣說的……不能這樣的……」A篤定地回：「怎麼會沒有人這樣？話為何不能這樣說？價錢也是你自己說的，又不是我說的。你送我這個女用皮包，我既然沒用，拿回去擱著也是浪費；一千元的東西折抵八百元，很正常啊！既然你輕易就能賣出，你再拿去賣，至少倒賺兩百元以上，何樂不為。」

小販脹紅了臉，一時無言。

如今回想起來，地球儀的買一送一，跟A的買四千送一千殊無二致。我是不是也該逼著外子去跟賣地球儀的人說：「我要兩個地球儀做什麼，只是多占家裡的空間而已。這個沒燈的兩千元地球儀，我折一千元還給你去賣，這個帶燈的地球儀就算我兩千八百元，你還倒賺一千元咧，如何？」

書展已落幕幾天了，不知這個地球儀還能不能比照辦理？

——原載二〇一九年三月十七日《聯合報・副刊》

千里之外的應答

難得出門去東門市場買菜，我推著菜籃車，在十字路口等候綠燈時，居然被讀者認出來。一位清秀的女子，推著戴口罩坐輪椅的婦人。她輕聲試探我：「妳是廖玉蕙嗎？」我第一個念頭是：「糟了！我就知道今天不該心存僥倖蓬頭垢面出門的。」我下意識低頭檢查自己的服儀，不好意思告訴她：今早我還來不及洗臉、梳頭哪。

她說她從紐約回來省親，沒料到會在帶母親逛街的路口邂逅喜歡的作家。她說了句有趣的話：「原來作家跟我們一樣也要出門買菜。」接著，又興高采烈地跟我提到我書中的母親和臉書裡的孫女。結論是：臉書拉近了人和人的距離，在紐約也可以看到我的臉書真好。總之，很開心。

我低頭跟她的母親打招呼，那位母親吶吶的，一副不知如何回應的模樣。她很抱歉地跟我說：「我母親有些重聽。往年我較少回來，目前每年最少回來一次。」我注意到她留著披肩長髮，臉孔白皙清秀，頰上有一些可愛的小雀斑，直覺是去美國讀書的留學生。

綠燈亮起，我們邊走、邊談，我得知我們兩家分住信義路兩旁的杭州南路上，相距不遠，也算是鄰居了。過了十字路口，她看起來是要往前直走，我得轉彎，我們就在路口道別。人生如萍聚，也如萍散。

拖著菜籃車，憑著外子在紙條上羅列的菜單，循序購買，魚、肉、青菜幾乎都齊全了，只剩了比較沉重的米和醬油。我在慣常的路段上來回逡巡，一度站在路中央發愣。一段時日沒來買菜，經常光顧的雜貨舖居然不見了。有些失落，難道這些舖子都被連鎖超商打趴了？正怔忡著，忽然遠遠又看到那兩位母女出現在人潮中，我興奮地跟她們揮手打招呼。從眼神中看出她們也跟我一樣驚訝歡喜，我們就站在水果攤販邊聊了起來。

她高興地告訴我，剛剛我們分手後，她跟母親談起，才驚喜發現她的母親原來也是我的忠實讀者，真的好意外。這回，老人家不再緘默，她扯開口罩，有些激動地拉起我的手，加入我們的談話，我們都好開心，感覺惺惺相惜。

話題漸深，原來女子旅居紐約多年，在當地行醫，如今已退休。我萬分驚訝，本以為她跟我女兒約莫同年的，居然都已有二十多歲的兒子了。再往下說，竟然我們都是台中人，我的老家在潭子，她們的老家是清水。我雀躍相認：「我婆家也在清水。」原來她阿嬤跟外子都是清水姓蔡的人家。

這位後來才知她姓吳的醫師，父親原本任教北一女，教數學，如今已退休。父母都已老邁，她說在異地看我寫父母的文章特別容易感傷，尤其看了我專寫母親的那本《後來》超有感，常常讓她想起父母親，所以，退休後較常回來探親。我低下頭笑著跟老太太說：「女兒回來，真的很開心齁！」老太太惆悵地說：「是啊！但是下星期一就又要回美國去了。」

星期三的東門市場，已然接近中午時分，卻依然人潮如織。我們再度在人聲吵雜中道別。我彎下身子擁抱了一下她的母親，心裡無端升起複雜的情緒——感傷、惆悵中，似乎又有一絲歡喜。我的母親雖然過世了，但還有許多人的母親仍勇毅地活著，而且被深深地疼愛著。而最讓我私心雀躍的是，除了台灣，在天涯海角之遙的紐約，有一扇窗口裡，有個同故鄉的人經常閱讀著我的文章。

從市場回來的那個黃昏，我忍不住將這樣的巧遇發文在臉書上。文章PO上後，我忽然想起自己預約了按摩，時間已迫在眉睫。趕緊披上衣服，拿上包包往外衝，招了計程車去雙連的巷道內按摩。兩個鐘頭後的回程中，我在捷運上打開手機，赫然一連串叮叮噹噹留言的通知排山倒海而來。打開通知，看到這篇PO文下，一則又一則的留言映入眼簾，五湖四海的臉友都紛紛上來報到：

「真的好溫暖的情感聯繫啊！看似橫過太平洋、北美，其實發源地都是台中。太美妙啦！」

「新加坡讀者和老師揮手。」

「住比利時的台中人揮手，每篇都有認真閱讀。」

「馬來西亞吉隆坡，有！」

「我們山坳子裡的人，也常常期盼著老師的文字。」

「正在東京，報到！」

「老師，我也住潭子。」

「此刻的我在雅加達，謝謝廖老師讓我們在臉書相遇。」

「我是馬來西亞的讀者，老師的文章和兩個寶貝孫女都是我追看的精神糧食。」

「我是來自馬來西亞的柔佛州粉絲。」

「我也是在紐約每天認真看妳臉書的人。」

「從雲林小鎮追廖老師孩子們的成長趣事；到西雅圖追孫女們的生活故事，自己也成了五十歲公主了。」

「我們美西也有一大票！」

「我是美國矽谷的讀友。」

「還有我在華盛頓DC。」

「少了我的城市，只好浮出水面，舉手喊有了，英國倫敦。」

「法國巴黎到！」

「清水人看這篇，格外地感到溫馨。」

其中一則的歸納讓我不覺潸然落淚了：「感覺全世界都在應答，而老師在世界的中心，雷達接收站的概念。」全世界許多人家窗口內，彷彿都有人正認真閱讀著我的書或臉書。文學縮短了距離，讓天涯成為比鄰。我驀然想起前一晚看的、改編自諾曼・麥克連的同名自傳小說《大河戀》，男主角最後對著最愛的大黑角河輕聲自語：

所有的回憶匯為一體
心中那分感動依舊源遠流長
因為大洪水的衝擊有了河

…………

海蒂所繪的諸多笑臉，就像千里之外的一聲聲美妙應答。

奔流過古老的岩石
恆久以來，雨滴降到岩石上
岩石下藏著神的話語
有些話語是河水流下的紀錄
河水讓我深深迷戀

回家後，孫女海蒂進到書房來，遞給我一張圖畫紙，上面有好多她認真畫下的微笑臉孔。方正的臉孔各自不同，睜著大眼的、咧開大嘴的、眼珠子跟眉毛擠在一起的、長睫毛的、髮上貼著愛心圖案的……一個個彷彿就是那些方才上到臉書給我加油的臉友。這些朋友在臉書上留下的文字，都如《大河戀》裡所說的「岩石下藏著神的話語」，是散居各處的臉友聯合留下的紀錄，而這些讓我深深迷戀的紀錄與因此興發的感動，必將陪伴著我的寫作生涯，源遠流長，直到永遠。

——原載二〇一八年二月二十一日《人間福報》

新世代的煩惱

其一、講究義氣的老街友

一家五口搭高鐵回台中。從東三門進去車站時，看到好多街友蜷曲著身子在廊簷下或坐或臥，狀甚狼狽。我急去售票口取在網路上訂的車票，外子、女兒和兩小孫女在售票口附近候著。

取了票，一起往裡走時，忽然追來一位婦人，支支吾吾問我們是否是剛才給她一百元的人？我納悶著，不知所以。外子回說是的，那位婦人拉了另一位老太太過來，說：「她也很可憐，年紀很大了，你們好心，能不能也給她一百元？」

我還沒搞清楚狀況，外子就急問女兒和我，誰有一百元？女兒先從皮包裡找到，遞給她。她們倆千謝萬謝回頭走了。在候車室裡坐定後，外子才說：「剛剛，我看到這婦人可憐，天寒地凍地瑟縮著，順手給她一百元；沒想到她介紹稍遠處另一位老太太也需要；又把我帶到另一位老先生旁邊，說：『也請給他一些吧，他前陣子車禍，無法工作，年紀又大了。』」我僅剩的零鈔三百元都給光了，沒料到她又帶了朋友追過來。」我說：「這些街友還真講義氣，有錢大家一起有。」

孫女海蒂問：「這些人為什麼跟你們要錢？」阿公說：「不是他們跟我們要錢，是阿公看天氣太冷，想請他們喝一碗熱湯。」海蒂說：「他們為什麼穿得破破爛爛的？」阿嬤開始人道精神及惜情愛物教學，最後告訴兩位小孫女要珍視自己的幸運，有人連屋子都沒得住，只能躺在路邊。海蒂聽完還自動引申：「而且我們還有姨婆會送給我們衣服穿哪，好幸運。」

其二、候診室與摩托車店裡的應答

候診時，領的是五十六號。我抬頭看燈號，才到四十號，心想有得等了。

這位家醫科醫生很有耐心，每個患者進去幾乎都可暢所欲談。有時，光是一個患者就用掉十五分鐘。診所還接受網路掛號，時不時還要過號一下。沒多久，患者都滿出到外頭走廊。

這時，坐在我左邊的老太太忽然起身走到前方櫃台，緊接著，我右邊的中年太太用非常高亢的聲量喝斥：「還沒輪到妳！妳起來做什麼？」老太太轉身訕訕然問：「我幾號？」「妳不需要知道幾號！還沒輪到妳。」中年太太不耐煩地回。老太太又坐回我的身邊，側身越過我問那位大聲公太太：「那妳看了沒？」「我又不看。」中年太太負氣答。我一下左、一下右地兩邊端詳，確認兩張臉孔應該是同一家公司的產品，是母女無誤，想讓座給她們母女倆坐一起，兩人都拒絕，她們寧可隔空對話。

「我幾號？」老太太問。「妳煩不煩！六十一啦。」老太太乖乖坐著，眼鏡裡的右眼還纏著綳帶，我不知她是要看眼睛還是其他的哪個部位，總之，她露出萬分委屈的表情隱忍著。

有一度，我想把我的五十六號讓給她，年紀那麼老的人，她的女兒待她那麼粗魯，應該有人對她好些。但我隨即理性衡量。診所人口外溢到廊下，顯見網掛的，都趁著這快要午餐時間湧進了，而我早餐還沒吃哪，肚子咕嚕咕嚕的，感覺餓到都快翻白眼了。心裡掙扎了一陣子，還是決定放棄當好人。

中午，我回到家後不久，女兒也垂頭喪氣回來。說是早上摩托車爆胎，她牽去修理，遇到摩托車店老闆跟他老媽媽吵架。老闆的娘太熱心招呼客人，結果弄巧成拙，把新舊零件混雜了，害老闆多費心。老闆大聲咆哮：「媽！叫妳只要坐在前面幫我收帳就好，妳幹嘛老聽不懂！妳這樣，我事情會越做越多啦！」聽女兒說，那位老太太也不是省油的燈，立刻回嗆：「講話一定要這樣大聲嗎！我佇遮是按怎，食飽換枵是麼？」

兩個媽媽，一個女兒和一個兒子，劍拔弩張的。妳若願意傾聽，恐怕他們都有說不完的故事啊。

其三、計程車裡的對話

台中文學館舉辦的《文學市集》結束後，文化研究科工作人員好貼心，幫我們預約了四點的計程車。從台北來的，除了我之外，還有詩人顏艾琳，為了減省，我們兩人同搭一班高鐵，以便合搭一班計程車，替文化局省一趟車資。

因為車子是老早預訂的，而時間有些倉促，艾琳收拾慢了些，讓司機等了幾分鐘。匆匆上車後，大家都呼了口氣。可能因為下雨，道路有些堵塞，我買了五點多的高鐵票，時間充裕，不急。

這時，親切跟我們對談的司機在十字路口接了通電話，因為是擴音，我們都共同聆聽了內容。電話掛斷後，我為了禮貌性的寒暄，問他：「聽起來好像是女兒齁！」司機巴不得我問他似的，很興奮地回答：「是我女兒，去英國四年多，今天才回來。現在搭統聯客運快到台中的終點站了，要我去接她。」

我聽了，好替他心急。跟他說：「快五年不見，應該趕快去接女兒才是，幹嘛來載我們。」如果不是外頭下雨，而且車上還有艾琳，我真想直接跳下車，讓他趕去接多年不見的女兒。

感覺司機滿興奮的，卻假裝鎮靜，他回：「你們這是預先訂好的，不能改。沒關係！我叫她在車站內等一會兒，我先載你們到高鐵後再過去接她，讓她等一下沒關係。」我接他的話說：「說得也是！讓女兒等一下，她才知道爸拔有多辛苦！」司機的話匣子打開了，停不住：「我有一個女兒、兩個兒子。他們都很爭氣，除了這個在英國外，還有一個在科技公司當經理，另一個兒子……（這裡沒聽清楚，總之都不用爸爸操心）我從小嚴格管教，他們都靠自己……真害咧！到這陣猶未結婚，都三十幾歲了。」艾琳和我都是好乘客，聽他講得興起，也不忍掃興，一旁不時提問，協助一個父親抒發內心的欣喜。

這時，電話又響起。從擴音器裡傳出一位男士的聲音，很溫吞的樣子，慢條斯理地問起那位英國回來的女孩：「爸拔會去接她嗎？」司機說起他被堵在路中央，但會去接女兒。旋即又接著問：「那你是要去接她嗎？」男子溫吞地說：「可以啊！」於是兩人達成共識，由電話裡的男人去接。

放下電話，等不及我們發問，司機說：「就是這個兒子，也真害，已經四十二歲了，都還沒結婚。」我安慰他：「無關係啦，這陣的少年人都結婚得晚，阮厝的女兒已經三十八歲了，也無結婚。」

說完，腦子居然一閃，艾琳看我說：「乾脆讓他們兩人認識一下。」司機興奮了，開始介紹他的兒子：「我這個兒子就是閉思（害羞），看到查某面就紅。一擺，跟一個較開放的查某見面，彼位查某拽著伊向外口走，阮囝予伊拖咧走，哎呀！轉來幾若工（好幾天）攏毋敢出門。」我說：「那是因為沒遇上對的人啦！」司機說：「講起來也很奇怪，他當經理，在公司裡聽講跟部下講話真大方的，看到查某就歹勢到講不出話來。」

我明人不說暗話，直接提醒他：「說不定你兒子喜歡的不是女生，是男生喔！」司機斬釘截鐵說：「袂！伊佮意查某，我知影。伊脾氣極好，活到這麼多歲，我猶毋捌（不曾）看過伊生氣。伊竟然跟我講：『萬一我和一個較強的查某結婚，我去予伊欺負，恁會心肝足艱苦的。』」聽到這裡，艾琳和我二人面面相覷，不知所以。司機接著說：「我看伊可能較適合我和伊媽媽結婚的方式，毋免交往，直接送入去洞房。」我張口結舌。

他反問我女兒做什麼的？在工作單位擔任什麼工作？會計嗎？你們住台北？她工作的地

方在何處？他聽完後有些失落。說：「你女兒在台北，我兒子在台中。這樣遠，結婚怎麼辦？」我本來應該問他：「八字都沒一撇，就已經想到這麼遠啦？」但我卻很無厘頭地附和他：「沒關係！我們在台中有老家的房子可以住。」他很快接口說：「我也已經給兩個兒子各一棟房子了。」（喂！這兩位在說什麼啦！真是什麼跟什麼啦！）

車子終於到了台中高鐵站。艾琳說：「你們趕快交換電話或名片吧，這樁婚姻若成功了，會是一篇好文章。我先下去拿行李……」男人有點慌亂，他一直念電話號碼要我抄起來，一下子找筆、一下子找紙。我說：「別急！剛才你不是用電話聯絡我嗎？你有我的電話了……」

等等！現在是怎樣了？我們兩個無良的長輩是要把兩個年輕人直接送入洞房了嗎？

——原載二〇一九年八月二十二日《人間福報・副刊》

一步步走過來

六歲以前，我們居住在大家庭裡，三合院裡，有叔叔、伯伯、伯母、嬸嬸及數不清的堂兄弟姊妹。

當時，最讓我好奇的是住在西廂房的小叔。妻子剛過世的他，一人獨居。每到吃飯的時候，母親做好了飯菜，總讓姊姊用一個盛了飯菜的托盤送進他房裡。托盤裡的食物，一撮撮的，三菜一湯。媽媽說：「妳小叔吃素，跟我們不一樣。素食不能沾葷，所以要另外用乾淨的廚具烹煮。」我探頭看了看，好羨慕。母親擁有一手好廚藝，那盤裡的食物，顏色搭配得宜，沒有魚、沒有肉，但常常有個白白黃黃像圓月的荷包蛋，簡淨雅潔，好誘人。為什麼要吃素呢？我心裡納悶著，沒敢問，家裡孩子多，媽媽最討厭我們成天問「為什麼」！

等我長大了些，我們從老家的三合院搬遷到小鎮上。我注意到家裡每年開始有遠客歸來。大人說是去國多年，在日本經商的大堂哥，因事業有成，開始返國尋根。他年紀跟母親相似，卻得稱呼母親為五嬸。其後，年年由堂嫂伴著他返鄉，總會到「五嬸」家裡來拜會。母親必治辦一桌豐盛的素食款待，他們都邊吃邊讚嘆：「五嬸好會做菜，素食做得可口極了。」但我發現母親的素食裡，不再出現月亮一般的荷包蛋，堂哥、堂嫂的眼裡卻逐漸多了些滄桑。

奇怪的是，不管為叔叔或為大堂哥做的素食，我常沒機會吃到。小叔孤寒，不苟言笑；堂哥雖然親切，但正為升學所困的我，常常為了節省時間，不參與聚餐。等到我成家後，這位堂哥返台時，也會安排到我的小家庭裡走動、走動。為解不擅置辦素食的窘境，我總四處打聽美味的素食餐廳，招待他們外食。很驚訝發現許多素食店，吃的明明是素食，菜名卻冠上雞鴨魚肉的名字：香煎素鵝、生菜蝦鬆、乾燒素魚、辣子雞丁、麻油素腰花……等，有的菜甚至模擬雞鴨魚肉的形狀，讓我感到十分錯愕，但滿堂食客卻似乎習焉不察，吃得開心。

有一年，一群文友相偕到日本本栖寺參拜，掛單數日。除參拜師尊並沐浴美好景致中，還日日吃素。剛開始有些不習慣，幾天下來，竟吃出了以往不曾享受的好滋味。我細嚼慢嚥，在眾念皆息的寧靜下，忽焉腦中漸趨清晰，也好似想明白了些什麼。小叔傷痛後的閉門止痛與療傷；日本堂哥藕斷絲連的羈旅與回歸；塵俗大眾在混沌與清透間的依歸與徘徊……

原來人生都是這麼一步步走過來的。

——原載二〇一九年一月四日《人間福報‧副刊》

身為女性的養成速寫

《新活水》雜誌邀請不同世代、成長環境殊異的女性作家，針對十組相同的提問作答，企圖從不同世代中窺見台灣俗女的養成記。

一、小時候的夢想？

從小喜歡偷看小說，偷聽說書及潛進散戲前十分鐘沒有守門員的戲院看免費歌仔戲，一腦袋哀感頑豔的故事。最初的夢想是三年級作文簿上寫的：「當個歌仔戲演員。」私心裡嚮往的腳色是小生，覺得女扮男裝好風流倜儻，最是迷人。

二、何時意識到性別？

小五，發現母親嚴重的重男輕女。家事全由三姊妹分攤，常為三個哥哥得到豁免而不平。中學時，念女中，偷偷暗戀一位同性同學，為她對我另眼相看歡喜，為她青睞別人傷透心，卻又好擔心自己像班上那對被議論紛紛的女同志，心裡好徬徨。

三、妳的偶像是誰？

偶像是凌波。一九六三年，邵氏電影公司推出黃梅調電影《梁山伯與祝英台》，我省吃儉用買票看了二十多場，為反串梁山伯的凌波一顰一笑痴狂。凌波來台，造成空前旋風。好多年間，我引沒能北上為凌波來台接機為人生憾事。

四、小時候喜歡怎樣的裝扮？

我小五從潭子鄉下轉學到台中師範附小，被同學嚴重孤立；但很快被音樂老師拔擢為升旗典禮的指揮。母親特別為我裁製一件黑色斗篷，是我的最愛。冬日，穿上斗篷，站在升旗台上指揮全校師生唱國歌，彷若指揮了萬馬千軍，藉此移情、補恨。

五、是否因為身為女性而在成長過程中受到差別特遇？

大學畢業後，因為工作關係，不自覺間愛上年長已婚上司。事情曝光後，飽受責難不說；後來，還聽說我擔任兼任教職的學校竟然在我投遞專任申請書時，以此事否決我的申請並達成「永不錄用」的結論，但我的上司卻一路升遷無礙。

六、喜歡什麼顏色？

喜歡黑色。應邀錄影時，曾經被交代：為免影像被深色背景吃掉，不要穿黑色衣服。臨出門前打開櫥櫃，赫然發現整櫃黑色衣服，竟找不到一件亮色系的。六十歲前，不但衣著偏黑，連家裡的桌、椅、櫥、櫃和大門，都被黑色佔據。

七、小時候對未來生活的想像？

小時候，看到父母成天爭吵，對婚姻產生許多疑慮；尤其因為和母親默契不夠，經常像受虐兒般挨打，生活暗黑；但我從這些負面教材中升起希望，覺得如果能刻意避開這些負面行為，並努力學習、經營，應該就可以過上美好日子，我有幸做到了。

八、有沒有一件覺得女生該做，但妳就是不想做、做不到的事？

沒有。讀書、結婚、生子、就業，我按部就班迎向前去，隨緣盡份。三十餘歲後，我開始寫作，經常思考，更不再自我設限。我從沒覺得女性有何異於男性的該做或不該做的事，性別從來不是、也不該成為問題；只要想做，就去做了；至於盡力後，做到或做不到，都得坦然接受。

九、如果要告訴其他女生一個需知或經驗，妳會說什麼？

人生苦短，莫要虛度。花時間冷戰是虛度；無謂的耽溺是虛度；過分執著也是無聊。女性的纖細人格特質要用在正面的永保開朗樂觀、看到人生的美好上，不要浪費在枝枝節節的苦苦計較裡。

十、覺得生為女性最快樂的時刻或事件？

最快樂的時刻是學習的過程與完成——享受孜孜叩問的樂趣；成就快樂的家庭；達到既定的目標；有餘力就做做別人的後盾；將公理與正義放在心上並付諸實現，我以為女性跟男性的快樂應該沒有什麼兩樣。

——原載二〇一九年十二月《新活水》

輯三　穩定交往中

穩定交往中

1穩定交往中

男人很認真地在臉書上填寫相關資料，她以過來人身分指點他：「你如果嫌麻煩，不填也沒關係。」他說：「這怎麼可以，人家設計有這種空格，就該如實填答才見誠意。」她想既然男人不嫌麻煩，就由他去。

次日，男人忽然氣急敗壞來跟她說：「我們結婚與否竟然還需要妳來確認，真是豈有此理！難道我會騙人。」於是，她打開手機看到一則待審的通知「蔡××先生列出你們倆的關係為已婚及你們的周年紀念日是一九八〇年×月×日」。

她不好意思地招認，她在感情狀態那欄填的是「穩定交往中」。她辯解說：「結不結婚有什麼關係，感情穩定才重要吧。」丈夫不以為然，說結婚就結婚，幹嘛搞曖昧：「趕緊去確認吧，不要讓人家以為我們沒結婚。」於是，就變成以下的狀態「已與×××結婚」。

這樣有比較好嗎？有沒有結婚干別人什麼事，自覺穩定交往才重要吧？

2求生與送死

園子裡，春光明亮。趕緊將被子搬出來曬，人也跟到院子裡曬，感覺毛細孔都逐漸甦醒過來。

可惜家裡的男人閒不住，昨日披荊斬棘，拆掉枯黃的絲瓜棚、剪掉九重葛的密葉、除掉梅花的枝節，還嫌不夠；今日，眼睛灼灼射向四面八方伸展的百香果，它纏繞住櫻花、粉撲花、雞蛋花，還攀向高處的小葉欖仁。生命力旺盛得不得了，綠色的果子到處都是。

她望著百來個果子，歡喜讚嘆，不小心說了句：「這株櫻花超可憐的，忍辱負重。」那些攀爬到別株花樹上的果子馬上被男人悉數殲滅。還不到一頓飯的工夫，猶未成熟的可憐果子落得滿地都是。果子綠的，她的臉也綠了，只有男人的眼殺紅了。

他為保全櫻花而除果，她餘怒未消，他就又刀向另一株靠牆邊的櫻花，二話不說，攔腰砍斷。說是：「妳不知道啦！這株櫻花已死。」前一陣子，他將白膠灌入生病的楓樹，說是求生，昨日從台北回來，結果是送死。

她覺得這男人瘋了，無法「鞭數十」，但「驅之別院」應該不算過分吧。

3什麼時候才不重要咧？

總是這樣，總是到了某個關鍵的時刻，忽然擔心起那過長、過厚重的瀏海。然後，在夜深人靜之時，既猶豫著，又亟欲做些改變，矛盾掙扎。於是，就在暗夜的鏡中，瀏海「喀嚓！喀嚓！」地被握著剪刀的手摧毀。要怪就怪她老是高估自己的能力，不信青春喚不回。

次日清晨即起，去電視台錄影，和年輕的演員同台討論劇情，她不容悔過地直直走進電視攝影鏡頭裡。然後，參差的瀏海就跟化妝師畫上去的誇張的眉在螢光幕上不時晃著。每次在電腦上打開電視台的連結一次，就深自懊惱一回。幸好貌美可愛的年輕演員吸引了觀眾的目光。

錄影過後那日中午回家，男人開門，愣了一下，說：「妳怎麼總是在重要的時刻做必然會失誤的事！不是明明知道今天要錄影？」「可是，什麼時候才不重要咧？不是每天的事都很重要？」她反問。

男人想是被這樣富涵人生意義的話給震懾住，一時無言。

4失去控制腳步的能力

傍晚，和丈夫在附近散步。

一路上，丈夫健步如飛，已經遠遠超過他所說的「散步」定義，她邁著步伐吃力地追趕。

實在快得不像話，她在後頭抱怨：「這叫做『散步』嗎？根本是趕路吧！一點生活情趣都沒有也就算了，連同情心也無，敢死隊似的，看到太太吃力追趕，也不稍稍調整一下速度。」丈夫回頭反駁：「我只是很自然地走路而已，並沒有刻意加快腳步。」接著又加了句：「我若走不動了，妳才要擔心吶。」

她毒舌症發，說：「你這一說倒讓我擔心起來了，我本來只以為你缺乏同情心而已，原來你是已經失去控制腳步的能力，只憑身體的本能走，一整個失控了。」

5照顧一下太太有那麼難嗎？

一大早，搭乘高鐵北上。要搭手扶梯上月台時，剛好看到箱型電梯下來。丈夫、女兒和她三人，趕緊追上前去。丈夫一向衝前頭，女兒常常墊後，這回照樣。她追著丈夫進電梯後，隨即轉頭看女兒跟上沒？

等女兒也進了狹小空間內，她被擠得低頭尋找立足地後，看到立在身邊的丈夫，一隻手正奮力拉外套的口袋拉鍊。一次、兩次，都沒成功。她很自然地舉起手，作勢就要幫他忙。就在右手即將碰觸到他腹部口袋的剎那，不小心眼神跟他相遇。天啊！根本是個陌生人，這位男人的另一隻手正被一個婦人幸福地挽著，而不是她想的：自己的丈夫另一隻手因為拉著手推車而無法自行拉拉鍊。

別人的丈夫欸！她如果真的伸手就幫他順當地拉好拉鍊，這男人回家後應該會被處以極刑吧！這時，她才看到，丈夫不知何時潛進電梯的最後方。「喂！照顧一下太太有那麼難嗎？到底為什麼要神不知、鬼不覺閃那麼快啦！」她差點兒高聲嚷了出來。

6 送花

女兒下班回家，手裡拿著兩把黃玫瑰。她揚起五朵那把說：「媽媽，這是爸拜託我幫他買的，送給妳的。」她又揚了下另一把兩朵的說：「這一把是為我自己買的。」

「我不相信。統統是妳買的，幫妳爸做人情的吧！」這是合理的懷疑。自從約莫三十年前，在她又是暗示、又是明示之下，他下班下了交通車，在東門市場，跟一位老婆婆買了一把包著破報紙的劍蘭配菊花出現在電梯口，被她嚴重嫌棄後，他就不曾再買花了。

她伸長脖子，朝著廚房大聲問：「先生！女兒說是你拜託她買花送我，是真的嗎？恐怕是女兒買的，幫你做人的吧？」廚房裡傳出聲音：「妳說呢？」這是男人慣用的肯定語詞。天啊！簡直是世紀奇談，這個男人今天不一樣。她說：「女兒另外為自己買了一把，你就幫她出錢，算你送的吧？」男人從廚房裡走出來，說：「當然好。」

女兒起鬨說：「爸！拿起來獻花吧！」男人顯得手足無措，拿著花有些尷尬，故意掩飾害羞地說：「好吧！好吧！……獻花——獻果——」

啊！什麼跟什麼啊！馬上故態復萌。「像這樣的男人如何有辦法取悅外面的女子呢？」太太這樣慶幸著。

7是誰自作多情？

男人忽然換上外出服，說是要出門去買東西。太太內心竊喜，故意問他：「你出去買什麼東西？」男人說：「買米、咖啡還有其他亂七八糟的。」她想起前次男人買了極品咖啡，全家人都讚不絕口，順口叮嚀他：「買好一點的咖啡吧！」男人回說：「我已經好多了，不要緊。」真是雞同鴨講，她笑了出來，糾正他：「不是問你好一點沒有，是請你買好一點的咖啡。」男人不禁跟著笑了，說：「真是自作多情。」男人轉身出門，她躺在沙發上切切盼望丈夫說的「其他亂七八糟的」東西。

沒一會兒工夫，門鈴響起，她故作鎮靜開了門，接過購物袋，米、極品咖啡及一些家用品，沒有她私心企盼的政江號紅豆花生小湯圓，原來真正自作多情的是她自己。她自我檢討，也許不該訂正那句：「買好一點的咖啡吧！」如果剛剛將錯就錯，讓男人誤以為她是多情地問他：「感冒好一點沒有？」那麼，如今政江號紅豆花生小湯圓應該已經到手了吧！

8敬業的長照看護

惺忪著眼到客廳，丈夫已神清氣爽端坐看報。看到她，忙催促她說：「吃早餐吧。」一想到經常性的塗花生的土司和牛奶，她就意興闌珊，回說：「不要，我等吃早午餐。」懶懶坐到沙發上，忽然瞥見茶几上竟然有油條、蛋餅和豆漿，頃刻間，精神為之一振。

「為什麼有油條？」她問。丈夫說：「託宋仲基的福，昨日在電視上看到他說愛吃油條，勾起我對油條的想念，很久沒吃過油條了。」

她想起母親猶在世時，丈夫最喜歡和母親一起吃早點。他們倆氣味相投，都早起、都喜歡吃油條。當年，她起床時，常看到母親吃著油條的滿足神情。

夫妻邊吃、邊看、邊聊著和母親一起吃早餐的往事。丈夫忽然對前一天太太在臉書留言欄開玩笑般寫的：「這是不是『老夫』少妻的宿命！」裡「老夫」兩字感到憤恨不平。他說：「我每天一早起來就伺候妳早餐，烤麵包倒牛奶、煮咖啡不說；還做午餐，常常還要去郵局劃撥書款，寄大箱書，又去7-11領妳網購的書……妳還敢說我老！妳的早餐哪天不是我送到面前才吃！妳根本是需要長照看護的患者，我得去內政部申請長照看護證照哪！還說老夫少妻。」

妻子忍不住嘀咕：「你這人度量怎麼這麼小咧？」但她也不得不承認這位長照看護還真敬業。她注意到昨天晚上，坐在電腦前，被照護著吃了兩個土芒果、一塊起司蛋糕、一杯咖啡、一杯溫熱的枇杷水、一盤西瓜和芭樂、半塊燒餅（嘉義名產），臨睡前，還再獲冰棒一支。

是怎樣？試圖謀害親妻？還是打算報復式地把太太養成肥豬？

9不同的飲食原則

澆完花的丈夫進到客廳，妻子本能地問：「中午吃什麼？」丈夫也一如往例地回答：「就把昨晚的剩飯炒了吃或做成燴飯。」停一下，又接著說：「飯可能有些不夠，但是，沒關係，我反正……」妻子光火了，接了他未完的話：「『反正我早上吃得很飽，又吃了這個、又吃了那個，我不太餓，……』你是要這樣說吧？一定要這樣嗎？一定要這樣自我犧牲嗎？不過是讓電子鍋煮個飯就大家都能吃得飽飽的，為什麼一定要這樣？」

丈夫是一種奇怪的動物，當然，同情這位男子的人也一定認為妻子才是怪物。但全家人能毫無顧忌、暢所欲吃，一向是她的飲食原則；而丈夫的原則是用自我犧牲來成全「簡單、迅速」，這是長期以來兩人扞格的致命處。

她想起母親在世時，最重要的堅持就是把飯鍋煮得滿滿的，隨時準備著，萬一有出其不意的客人來，得有足夠的米飯讓客人留下來吃個便飯。不管她如何強調現代人沒有預約不會來，更不可能吃飯，母親都不管：「是有偌麻煩，加放一寡仔米爾爾，哪著遮爾仔凍霜。」父親相反，母親一向讓他先吃飯，他邊吃邊說：「有夠矣，毋免煮了。」母親生氣了：「你家己食飽矣，別人攏免食！」

丈夫也不主張多煮，他身體力行實施縮食，為了讓太太、兒女吃飽，他可以佯裝厭食。但何必呢？不過讓飯鍋多費些事，人人都可以盡情吃。妻子討厭他沒吃飽，也討厭他做無謂的犧牲；但看來丈夫不認為自己犧牲。這可能是爭吵的關鍵，她認為吃飯很重要，不能把吃飽是人生大悲劇；而丈夫認為吃飯可以用其他餅乾或鬼怪的零食代替。

「是我不該用自己的標準度人？還是男人死性不改？」她納悶著。

10上臉書

丈夫提醒她：「妳上臉書的時間太多了。」她戰戰兢兢，不好意思上網。次日趁著出門去附近散步之際，落後幾步，掩掩撿撿（偷偷摸摸）用手機觀看臉書。

沒想到一不小心丈夫竟然回頭走近。正想把手機藏起，沒料到男人又說話了：「昨天妳臉書上那篇寫我的文章有多少人按讚啊？」

太太的下巴殼差點兒應聲落下。

——原載二〇一九年五月二十一《自由時報・副刊》

眼明手快

相親過後，兩人都覺疲憊，雙方家長分別經歷過多次類似的儀式，想是也乏了，挑剔隨著相親次數的增加而銳減，只願事情早日有個結局。以此之故，經過短短幾次約會後，很快地，女子就被牽進了男方的家裡，進行「面試」。

是個秋日的午後，四合院的屋子旁，一棵芭樂樹正垂實累累，還未曾進屋，她就先被那滿樹橙黃碩大的果子給吸引住了。她停住腳，仰起脖子，笑彎了眼地喊著：

「哇！你看！你看！好多的芭樂哦！」

那種興奮勁兒，逗得他也不禁開心起來。他對眼前這位天真未泯的女孩重加打量、思忖：

「一棵結實的芭樂樹就能讓她眼睛發亮，應該是一位容易滿足的人吧！」

男子帶她進屋，將她安置在一張長凳上，隨即進裡屋敦請老父。她將熱情洋溢的眼光依依不捨地從芭樂樹上拉回到眼前斑駁、老舊的屋子，不禁倒抽了一口氣，屋漏痕跡處處，桌下一隻金錢鼠正無畏地瞪視著她。

終於，他扶著半身麻痺的老父出來，順手拉過一張高凳面對父親坐下。老先生寡言少語，間或閒話兩句，大半時間，空氣裡盡是沉默。她有點窘迫，覺得該負責說些話，卻又有些遲疑，他斜背著她，她因此沒能從他的表情裡得到任何的暗示。只見男子極順當、自然地拉起父親的手，用著指甲刀，專注地、細細地為父親剪著指甲。老父的眼睛並不看自己的手，只自在和她聊著。

她不覺心裡一動。是多少次毫無失誤的剪指甲經驗才能讓老人家伸出去的手如此不假思索且毫無遲疑？那麼，這一定是位孝順、細心且讓人可以信靠的男子囉！

在往後幾個月內的天人交戰中，那個微躬著身子為父親剪指甲的姿勢，竟成為她當時結束猶豫、決定託付終身的最重要憑藉；而他是執著認定，會為樹上橙黃的果子而兩眼晶亮的女人，應該是熱情、充滿童心，且在執手偕行的路上鐵定常常會看到火樹銀花的。

那年冬日，她終於帶著燦爛的笑容成了他的妻；他則從此擴大「營業」範圍及品項，他的那雙手，不但開始剪起妻子、兒子、女兒，甚至是老邁岳父的指甲，還擔負起更多的家事。

孩子還小的時候，男人給娃兒洗澡、包尿布絲毫不含糊，洗碗、晾衣、摺衣、拖地更是「常備役」。他雖然天性勤奮體貼，但如此努力分擔家務，其實也是被她含笑的眼神給鼓勵出來的，她總是能常常看到生活裡的美麗。

婚前負責為他父親剪指甲的雙手，婚後仍不停歇，抱著孩子去看醫生、送孩子上音樂班，為孩子簽家庭聯絡簿、和孩子一起做勞作、畫壁報、打籃球、放風箏、丟飛盤；甚至戴上眼鏡，為孩子繡學號、為太太的衣服縫鈕釦。回父母家時，為年邁的老父洗澡；去岳家時，為岳母清除池塘中的污泥，幫著太太為病中的岳母侍奉湯藥。男人的一雙手，越做越帶勁。他的手，因為操持家務而變得粗糙，但是，筋骨畢現，反倒顯得線條粗獷有力；而她則一逕天真，眼睛且持續燃燒著熱情。

一日，她從外頭回來，遠遠看到熾熱的陽光下，一位男士正吃力地在巷道內搬運著什麼；趨前一看，才發現原來是家裡的男人正推土出來填補道路上的大坑洞。見到她，他邊用手背拭汗，邊解釋：

「拆除附近違建的怪手把路面搞得千瘡百孔，這個洞實在太大了！不填填，晚上會坑死人哪！」

大熱天，不躲在房裡吹冷氣，卻氣喘吁吁地出來服勞役，她感動又心疼之餘，開玩笑地說：

「啊！鐵定是家事不夠做，太輕鬆了，居然幹活兒幹到外頭來了，從明兒起，我看，連周邊的環境都一併麻煩您了，不知您意下如何？」

男人傻笑著沒說話，效法女媧補天，他繼續彎身用手補地。

多年後的一個黃昏，她在巷子口的美容院洗頭，鄰座一位婦人和她搭訕，問她住社區的哪幢公寓，她比手畫腳地說明著，婦人突然興奮地問道：

「是轉角那幢四樓，每到晚上八點，就有個男人出來陽台晾衣服的那家嗎？」

她一時拿不準這話是恭維丈夫的勤勞還是揶揄她的疏懶，還不知如何應對，店裡的顧客全將眼神對準了她，且紛紛說起羨慕的話。婦人還朗聲強調著：

「每次，我一看到你家男人出來晾衣服，就把我家那個死鬼叫出來，讓他看看人家是怎麼做丈夫的！……那位好男人是妳丈夫，沒錯吧？」

她從美容院風光告退時，感覺到背後仍投來許多嫉妒的眼光。她驀然憶起三十餘年前那個躬身為公公剪指甲的背影，慶幸自己當年的眼光真是神準、銳利。

——原載二〇一七年十一月《香港文學》三九五期

夫妻家常

1枯藤、老樹、昏妻

母親病故後，老家由他們夫妻接管。距離遙遠，一園子的花草樹木卻依然欣欣向榮。

有人問：「你們沒有常常回老家，園子裡怎麼蒔花、種樹？」

「我們用自動灑水器。」妻子回，一旁丈夫哼哼兩聲。

有人問：「園子裡居然果實纍纍，你們有施肥嗎？」

「沒有啊！人傑地靈，我們是綠手指。」妻子回，一旁丈夫又哼哼兩聲。

有人問：「院子裡的落葉、綠草，如何維護？」

「它們會自生自滅，不用擔心。」妻子回，一旁丈夫再哼哼兩聲。

有人問：「院中的樹木需要剪枝嗎？」

「我們純任自然，萬物自有其存活之道。」妻子回，一旁丈夫沒有停止哼哼兩聲。

客人走了，妻子質問丈夫：「一直在那裡哼來哼去！到底是怎樣啦！牙疼啊？」

丈夫笑笑不語，出到院中，戴上手套，拿起耙棍，在草皮上耙呀耙的，一堆又一堆的枯葉像一座座小尖山。丈夫叫出妻子，丟給她一副手套、一個大袋子，說：「讓妳來為它們『自生自滅』吧。」

院中的粉撲花被百香果盯上，糾纏不休。

妻子訕訕然接過，開始彎腰撿拾落葉到袋內，邊撿邊唉呦、唉呦地喊疼，腰痠背痛的，不禁感嘆說：「『風不定，人初靜，明日落紅應滿徑』，詩人真會瞎扯，聽起來好詩意，其實……」丈夫冷冷接口：「其實撿拾落葉要人命。」咦！還押韻哪。

妻子忽然明晰記憶起：每隔幾個星期回老家一趟時，丈夫施肥，從花架上撒下的陽光，曾閃亮了他的灰髮；耙落葉時，耙出一頭一身淋漓的汗水；拉枯藤時，刺破的雙手和刮到的臉頰常傷痕累累；一日，丈夫爬梯剪枝時，還從梯上差點翻落，一陣天旋地轉，到醫院掛了急診。原來抬頭望天，震動了耳石，還平躺床上好幾天。

啊！「自生自滅」說，原來是妻子記憶衰退。

2坐在馬桶上想什麼？

年高九十餘的詩人曾很驕傲地跟他們夫妻炫耀，說他還可以在寫詩之餘，幫太太將南瓜切成十八塊。詩人另有趣味詮解：「古人閒得很，像詩人賈島就騎驢閒逛，書僮揹著錦囊在後，賈島寫了詩就往後丟。我騎腳踏車，也沒書僮跟隨，只好坐在馬桶上想詩。」

妻子聽了，不禁納悶起來：「一般人坐馬桶上無詩可想，都在想些什麼呢？」

過沒幾天，妻子從馬桶旁的架上隨手抽了一張衛生紙，忽然萌生了之前從未有過的體會。她想到的是：結婚多年，她從未自己買過衛生紙。幾十年來，只要像這樣手一伸，竟然日日都有衛生紙可用！這件事代表什麼意義呢？是愛？是恆心？還是毅力？

她不想詩，想的是衛生紙。雖然有點煞風景，但光想著，眼眶竟然紅了、熱了起來。她一走出洗手間，馬上將坐在馬桶上的思考所得，跟丈夫分享並勇敢告白：「謝謝你這幾十年來讓全家人的衛生紙不虞匱乏。」

丈夫依然哼哼兩聲回她：「就只會出一張嘴！妳現在知道我為什麼時不時就去超商走一走了吧！」

妻子誠心懺悔，幾十年來不該羅織丈夫「愛超商勝過愛太太」的罪名。

3 妳的丈夫不是妳想的丈夫

看電影是夫妻倆的共同嗜好。為了充分利用時間，兩人經常利用晚餐時刻，從MOD提供的影片裡挑選，邊吃飯、邊看電影。

負責挑片的，經常是妻子。妻子挑選的片子，首選常是各類影展的得獎作品；如果沒有特別標示得獎影片，一般是劇情片優先，家庭片其次；劇情片裡，如果是伍迪艾倫、小津安二郎、伊丹十三、英格瑪・柏格曼、佩德羅・阿莫多瓦、是枝裕和……導演的，或演員有梅莉史翠普、艾瑪湯普森、妮可基嫚、茱麗葉畢諾許、奧黛麗赫本、凱薩琳赫本、芮妮・齊薇格……，一律排序在前。

丈夫總是很捧場，妻子選什麼，他就看什麼；妻子一直以為夫妻二人的觀賞品味很相似，龍鳳和鳴。妻子的遙控器經常直接跳過的是西部牛仔片、各種災難片、日本武士片、科幻片、穿梭時空片、歷史劇、激勵人心的勵志片和〇〇七龐德。

前一陣子，妻子較少參與看片。得空，就鑽進書房電腦前打字、寫文章。偶爾出到客廳透透氣，不免覷一眼丈夫正看著的電視。咦！在看《大秦帝國》欸；次日，發現在看《荒野大鏢客》；再一日，出現《聖靈守護》；再來是《獵殺對戰》；又來《黃昏雙鏢客》；接著《百戰將軍》……尤有甚者，妻子最討厭呆萌的豆豆先生搞笑片《危險誘惑》也出現了。更讓妻子傷心的是，丈夫還告訴她，她最喜歡的艾瑪湯普森也跟豆豆先生搭檔演出《凸槌特派員》。他說：「豆豆先生哪裡不好！人家智商一七八，念牛津的，還是演藝人員中捐款最高的，別瞧不起人家。」

妻子很駭異丈夫原來是喜歡看這種電影的。她不喜歡的，他統統都愛看。妻子質問他：「你不是喜歡伍迪艾倫？」丈夫說：「年輕時，很討厭他神經質地喃喃自語講不停。」又問：「難道你也不喜歡日本導演小津安二郎？」他回：「有時候有點受不了他的慢吞吞。」

天啊！一個嶄新的男人出其不意出現在結婚四十年之後，妻子從MOD觀賞影片的嗜好上重新認識自己的丈夫。原來，結婚沒上四十年的，別說妳真的認識妳丈夫。原來，妳的丈夫不是妳想的丈夫。

——原載二〇一八年十二月《香港文學》第十二期

悠悠復健途

十年前，我發現左手食指開始發麻，就近在台大神經內科看了醫生、吃了藥，沒啥效果。因為除了稍麻之外，並無任何不便，也就置之不理。

經過兩三年，發現發麻的部位逐漸擴散，五隻手指尖端都麻了起來。一日和親友聊天，舅媽告訴我她也有同樣的毛病，在台中的某醫院治好了。我於是欣然去掛號。醫生聽說我從北部迢迢奔赴，一時高興，就幫我做了精密度很高的正子攝影。結果出來，醫生說我的頸椎問題糾結，鈣化嚴重，若不處理，很容易出問題，一不小心跌倒，可能導致癱瘓。

我被嚇得半死，但不忘理性地「醫」比三家。到台大神經內科做了檢驗，確認不是漸凍或僵直性關節炎，醫生說：「沒關係！如果會痛，我給妳用類固醇治療。」我聽到類固醇，也嚇得不敢再去。

以前教過的一位軍校學生聽說了，堅持幫我掛了他熟悉的一位三總外科醫生，外科醫生再做斷層掃描，面色凝重：「趕快進行手術，妳的頸椎嚴重鈣化，不做的話，一不小心緊急煞車，妳就癱瘓了。」然後告訴我，總共約四節頸椎需處理；兩節可整修，另兩節需換人工的，要自費，一節三十多萬，計六十餘萬。朋友聽說了，紛紛說：「開刀事大，不要輕易嘗試，還是再找醫生看看。」花錢事小，癱瘓事大，我怕開刀結局跟當年的歌星李珮菁一樣；於是，又去榮總看了，一樣說法，只是沒說自費部分。但我立刻去購買了頸椎保護套，很靈的是，每套上這個護套上公車，必然立刻有人讓座；但後來一位復健醫生警告說：「脖子用護套套住，連轉動都困難，頸椎更僵化了，不好。」從此，護套被束之高閣。

在這之後沒幾天，我半夜在浴室洗澡，一腳踩著小布墊、探出身子，伸手去取洗面乳，倒退回身時，墊布往前滑，我一個倒栽蔥，頸部結結實實撞向先前為母親專設的不鏽鋼手扶桿，「扣！」的一聲，然後跌坐地上。當時的第一個想法是：「我死定了！必然癱瘓了。」結果奇蹟似的沒事。我把它視為母親的憐惜保佑，決定要更保重身體。

我雖慶幸，卻不敢大意。在臉書上PO文，然後採用篩選方式參考臉友建議，找兩位名醫請教。打算只要再有一位醫生建議開刀，就豁出去了。第一位找的是台中醫藥學院的林欣榮醫生。他人真好，雅好文學，知道我是朋友介紹的作家後，跟我談得很開心。他幫我做了詳細檢查，發現片子裡的頸椎狀況極差，但實際人生裡的症狀並不明顯。力氣照舊，除了無傷大雅的手麻外，並沒有其他不便。他建議我稍安勿躁，靜觀其變。

第二個是discovery上曾介紹過的台灣專治脊椎的神醫張國華醫生，在台中仁愛醫院。他讓我做一些簡單的跳躍動作，不到一分鐘就把我趕出來。他說：「既然什麼都不影響，幹嘛動手術。」他應該是嫌我大驚小怪，畢竟是經過大風大浪的，處理的應該都是重症；對他而言，我這是無足輕重的小case。我被不耐煩地趕出來，不但不生氣，還歡喜不迭：「人生誰沒有個小毛病？比這大的磨難到處是，我算是幸運的。」我鐵了心地聽從專家不開刀的建議，但從此民間療法的隱士紛紛出現在口傳耳語中，我試了不下二十種，有一搭沒一搭地，偶爾聽A的話，去給人按摩；偶爾聽B的話，去找中醫師調養；一下子又讓C帶著去試試聽說很神的民俗療法。最後我深信身體是非常奧妙的，每個個案都不同，對某人具神效者，並不見得就適合我。

在這期間，我又曾經在師大路和環河南路交叉口的高架道路上出車禍。我停車在斜坡等候綠燈，被後方一位女士的車子沒煞車地從後方強力撞擊下來，整顆頭撞到前方儀表板上，也以為人生就此要變成灰色了，結果只有額頭和小腿擦傷，我把這視為老天對我的恩寵，我得在日常中加倍回饋。

我想起母親猶然在世時常提起，我三歲多才學會走路，父母為此遍尋名醫，都徒勞無功，正打算放棄的某一天，我突然顫巍巍就走起來。四十多歲時，左手也曾舉不起來，去看了無數醫生都不知問題所在，整整六個多月苦不堪言。一次遠赴榮總，一堆實習醫生環伺，主治醫生對周遭的學生說：「請注意！」他指著我的X光片上的手臂上方說：「有沒有看到這裡多了一根肋骨，這位女士不知從哪個男人身上多搶了一根肋骨。因為睡姿的關係，阻礙了神經傳導，難怪麻了。」這話引得哄堂大笑，也引來許多護士吃吃發笑著圍觀這位多一根肋骨的強勢女人。接著，他幫我打了一劑不知什麼針，吃了三天藥，藥到病除。這是我從幼年到中年的兩次較嚴重病史，都有驚無險。

手麻經過專業認定不用開刀後，就這麼又苟延殘喘了八、九年。狀況沒改善，甚至有朝略糟方向傾頹。右手似乎也來湊熱鬧，甚至腰部常在凌晨時分隱隱作痛。於是，到大醫院復健部看了醫生，排了復健療程，乖乖去醫院做復健。

復健的幾個月間，我常冷眼旁觀，側耳傾聽，聽到許多有趣的故事：譬如一位女性復健師問她的患者：「阿伯，你做遮爾濟擺（這麼多次），感覺有較好嗎？」阿伯回：「是有啦，好一點，但是，猶是有一屑仔礙虐、礙虐（不順的意思），猶未全好。」復健師聽了，玩笑般用台語說：「按呢上好。你有較好一點，擱毋是全好（又不是全好），這種狀況上理想。你感覺有較爽快，我也猶有機會為你服務，袂失業。」

這話，怎麼在我聽起來，還頗富禪機哪。這是老天刻意的安排嗎？在可以忍受的範圍內，讓大夥兒都有飯吃？

另外曾聽一位男性復健師認真教導新來的實習生後，無奈地朝學生說：「有些患者來這裡復健，每次結束，問他有較舒服嗎？他總是說：『爽快濟（多）矣。』但伊已經來復健了近十年。妳自己去想一想。」

最尷尬的是，我初次見到復健師，說：「醫師！我……」他立刻糾正我：「我不是醫師，請不要叫我醫師。」第二次見面，我說：「王先生……」他說：「我姓黃，不姓王。」第三次見面，我說：「黃先生。」他說：「請叫我『黃老師』」

我由是體會一個更公平的年代來了！以前的「老師」指涉單純，在學校裡教書的才叫老師，現在有「護理師」、「復健師」、「美髮師」、「指壓師」、「插花師」、「命理師」、「大體老師」、「繡眉師」、「種睫毛師」……全被稱呼老師，充分體現了「三人行必有我師焉」的古訓。

這位黃老師不但很重視正確的稱謂，還另有禁忌。我每次離開都禮貌周到地跟他稱謝道別。一次，我找了好久，才發現他在後方教患者運動。我一旁站著，等他把話說完。他講完話，轉眼看我說：「妳要幹什麼？」我說：「沒事，只是來跟你說再見。」他俐落回說：「欲走，毋免相辭（要走，不用說再見）。」

言簡意賅，後來聽說這是復健科的特殊禁忌——不要說再見。

我復健的項目，初始有熱敷、照短波和蠟療。每個禮拜做四次左右，剛去的一個月共計有八人在診間來跟我相認，都說是我的臉友或追蹤、潛水的。

第一位是我在熱敷時，笑著走過來在我耳邊說話，我立刻檢討自己的儀容及前一刻臉上的表情是否近乎痴呆？第二位來相認時，我正傻呼呼倚著牆壁做運動，讓老師訂正是否有誤，收下巴、歪脖向左三十度、然後向右側歪仰去，再數數到二十，表情肅穆達詭異程度。孫女看到，曾認真問：「阿嬤！妳運動時，一定要這麼兇嗎？妳不能微笑嗎？」我說：「真的沒辦法，不信妳試試看。」她對著鏡子試，表情看來比阿嬤還逗趣。

一次，正在蠟池邊浸蠟水，邊包紮，左右手忙得不可開交之際，有人來相認，我簡直無法正常對應寒暄，事後才想起我雞同鴨講，邏輯完全錯亂。另一回脖子吊得老高，兩頰被嚴重擠壓之際，忽然有人興奮打招呼：「廖教授！怎麼這麼巧！」我被嚇得脖子差點應聲斷掉。

總之，幾次都被看到最混亂、最狼狽的樣貌，雖然一再刻意求全保持優雅模樣，總是在不提防間破功。唯一值得慶幸的是，臉友都認出是我，表示我素顏跟化妝的差別沒太大，以後可以不必在臉上塗粉搽胭脂。我於是在臉書上敬告諸臉友，相認可以，但請不要在我臉歪嘴斜的時候。

至今，我已在醫院復健多時。跟復健老師每做完六次療程後，就得再去診間看一回醫生。最近的一次，一進診間，醫生就問：「復健做了有一段時間了，狀況有好些嗎？」

我不想重蹈先前那位復建十年還每次說「爽快濟（多）矣。」病患的覆轍，決定勇敢坦承：「沒有欸！感覺不但沒有較好，好像越來越痛。」醫生尖銳提問：「那好，既然都沒有好一些，妳現在又來幹什麼！」

我瞬間被難倒了，愣了一下，差點說不出話來。是啊！復健這麼久都沒起色，我幹嘛還來？腦子忽然浮現了上個月門診時他好似跟我說過些什麼，讓我隱隱萌生某些期待。於是我也不客氣反問：「我記得你上次門診時好像說了：『如果屆時復健結果還是不理想，我們還可以……』我現在一時想不起來當時你說還可以什麼。」

醫生聽說後，斬釘截鐵回：「我沒說。」「有！你說了，我回去時，還很高興地跟外子轉述，當時，曾燃起我好大的希望。」我真是不怕死，前所未有的勇氣十足，簡直是直接戳他了。旁邊端坐了兩位看似來實習的學生，一男一女，還有一位護士。醫生應該是拉不下臉來承認他說過，堅持又說了一次：「我沒有。」事已至此，我再堅持就未免不識相了，趕緊閉嘴。

醫生可能也不想陷入這種無謂的膠著。他轉而問我：「讓妳做的運動妳有在做嗎？」「有，一直在做。」「做哪一種運動？」我問他：「要我現在做給你看嗎？」他說：「好！就請做做看。」

診間還算大，我從椅子上站起，轉身就往地上趴下去；診間裡的四個人都被嚇了一跳，全張大嘴、慌得跟著站起身。護理師衝過來扶，說：「不是在地上，到床上、到床上。」我也被自己嚇到，我在家裡都是鋪一張瑜伽墊，就在地板上運動的，一時忘了診間不是我家。

我改臥床上，又抬腿、又扭腰地連做了三個動作後，走回原來的位置。醫生問：「這些運動妳做了都無效？」我說：「有效是有效啦，但對止痛無效，它最明顯的效果是讓我腰身瘦了。」我看到旁邊那位胖胖的女實習生霎時眼睛亮了一下，每個人眼睛都齊齊注視我的腰部。醫生笑問：「妳怎麼知道？妳量了？」「不必特別量腰身尺寸，我體重增加了，原本腰身緊的衣服卻忽然穿起來變寬鬆了，女人很容易察覺這種細微的變化，你們男人不懂。」嚴肅的醫生忍不住也笑了。

我看他神情轉為輕鬆，立刻抓緊問題拐彎抹角回到主題：「復健、運動如果最終都無效，可不可以有另外的做法……」還沒說完，醫生把話攔過去：「除此之外，我們復健科就只剩給妳開藥啊！」開藥！就是上次的止痛藥？醫生說是。「但止痛藥讓我胃不舒服。」說到這裡，我忍不住勇敢問了個蠢問題：「有可能施打玻尿酸或什麼的嗎？有朋友這樣建議。」

醫生正色回我：「病情不同怎能做相同處置！我們復健科醫生能因別人糖尿有問題，吃了糖尿病的藥好了，就隨便開給妳糖尿病的藥吃嗎？」他舉這樣的例子好直白，容易理解之外，又輕易凸顯我的愚蠢，我恨不能咬掉自己的舌，都怪剛剛門外那位膝關節出問題的患者給我的無厘頭建議。

自慚形穢之餘，想起上回我跟復健科醫生抱怨只要去看外科，每個外科醫生都恐嚇我：「你這手麻毛病，如果不趕快開刀，可能全身癱瘓。」一位復健科醫生就笑我說：「您去外科看診卻想不開刀，好似走入賣牛肉麵的舖子點蚵仔麵線，卻被努力推銷『牛肉麵』，因為他們端不出蚵仔麵線啊。」

我復健多時，遺憾一直未見效果，但很欣慰發現醫生的語文表達都頗有創發，譬喻得當，用詞俐落，台語更是熟溜，最重要言簡意賅，顯然這些年來台灣的國語文教育不算太失敗。

——原載二〇一九年七月《文訊》雜誌

近乎天真的爛漫
——我的父親

「啊！好像許久都不曾想起父親了。」看到雜誌社的邀稿信，才赫然驚覺父親節快到了。暗夜裡，忽然怔忡起來。想起這些年來若非緊張地為母親及兄姊「救亡圖存」，就是功敗垂成地傷心送終，差點遺忘了亡故二十八年的父親了。

幼年時，我常因偷看母親從租書店租來的愛情小說而挨母親毒打；卻跟父親一起切磋收音機裡說書人的講古，父女倆常講得得意忘形，因此也常一起招母親詬責。我跟父親相濡以沫，但母女卻常怒目相視。我最得父親寵愛，也跟父親最親。

父親任職鄉公所，是鄉公所裡人人稱道的認真職員，數十年如一日，不遲到、不早退，奉公守法；我的叔叔，也同樣在鄉公所上班，卻最常遲到早退，同事們都嘖嘖稱奇，引為對照組。

左鄰右舍都公認我父親命好，因為家裡大小事都有能幹的太太幫他頂著，他只要把賺來的薪水拿回家，其他的事都不用操心。母親跟他抱怨家用不夠時，他只回：「我所有的薪水攏提轉來厝矣，猶欲安怎！妳是欲我去搶銀行？抑是叫我去印銀票？」

他連用電鍋煮飯都不會；家裡水電出了問題，也是母親爬高、爬低地拿著工具修繕。星期假日，他老藉口買蔥、買蒜，騎腳踏車到市場邊跟人下棋。別人輪流回去吃午飯，只有他下棋下到天昏地暗，連午飯都顧不得吃。最後總是母親氣急敗壞喝令我去喚他回家。回程時，我坐上他的腳踏車，攬著他的腰，把臉頰貼在他背上，大聲嚇他說：「完蛋了，你今仔日轉去會死！」

媽媽拿竹竿追著我打時，他若在場，總會用身子幫我擋著；午睡起床有起床氣，啼哭不止；他會背著我下樓梯，一階、一階地下，一邊大聲昭告世人：「恁趕緊來看！遮有一个愛哭的囡仔哦！」

所有的孫子、孫女都最愛阿公。阿公超有童心；若不是抱著他們用鬍渣扎他們的脖子，引得小朋友格格笑；就是把孫子、孫女藏在被窩裡，對外高喊：「含文不在家，含文上學去了，恁免來揣（找）伊。」

一次回娘家，兒子偷拿幾塊錢，我把他帶到樓上曉以大義。兒子大呼小叫救命，阿公在樓下往上喊：「玉蕙啊！莫拍伊啦！囡仔攏會按呢啦，我細漢的時，也時常偷提阮阿爹的錢，以後大漢，伊就袂仔啦，莫拍囡仔啦！」讓我啼笑皆非。

父親為人耿直、認真，但家居生活有一種近乎天真的浪漫。他沒有高深的學識，卻對知識有莫名的尊敬。培養我念大學、研究所，又因成績優秀，留校擔任助教、講師，讓他覺得無比虛榮。常跟別人吹牛，將我的薪水膨風成倍數，職位更是三級跳地幫我升等。這種永遠讓我望塵莫及的進階吹噓，曾經困擾了我好久。後來，我開始寫作，聽母親說，只要我的文章在報上刊載那天，他總情緒高昂，口袋裡揣著報紙，隨時想跟人分享。

一回，我跟林文月教授對談，版面上方左右各放一張我們的照片。父親看到，立刻把林教授的照片摺到後方，將他女兒的照片放到正面，摺成三角形立在一進門就能看到的桌上。只要有人登門造訪，他立刻指著報紙上的照片，將話題繞到女兒身上。另一次，在父親節登出我寫父親的一篇題為〈讓我們一起去看花〉的文章，父親在家裡庭院內跟鄰居下棋的一張照片被放大置放副刊版面正中央，父親簡直激動得眼眶都紅了！

父親飲食清淡，且喜歡運動，乒乓球、網球都相當拿手，家裡存有好多奪魁的獎盃。假日，他清早即起，拿著球拍、騎上摩托車到台中中正公園的球場打球；運動回來後，喝茶、看報、找人下棋，生活簡單規律，無憂無慮，照說應該可以活得長長久久的。但年老時，除飽受關節疼痛之苦，同時也罹患阿茲海默症，最後一段時間裡，他過得恍惚迷離，虛實莫辨。

他在七十五歲那年的四月過世，我五月考上博士班的榜單才出來，遺憾他沒聽到這個消息，否則愛吹牛的他，又會不知有多開心地到處昭告世人；母親八十六歲那年二月仙逝，我五月被告知轉任國立教職成功，母親一輩子對我最大的期許成真，我也來不及讓她知道。人生最大的遺憾就是所有的努力似乎都來不及跟最愛的人分享。

父親節將屆，我好想念我的父親。經過了二十八年，我一度以為我已經慢慢淡忘他了，原來只是把他埋在心裡的最深處。

——原載二〇一九年八月《停泊棧》

對愉悅家庭的想望

母親在十五歲那年投入婚姻，當時，父親二十歲。

父親在鎮上開了間小雜貨舖，拿來給女方相親的照片，鼻上架著圓弧形眼鏡，書卷氣濃厚，神似民初的徐志摩；母親提供給男方的照片則是伏案裁縫的側照，眉眼清晰，狀貌秀婉；媒婆誇說她是豐原最貌美的車掌，也是她父親最鍾愛的掌上明珠。這樁看似郎才女貌的婚姻，其後證明雙方都被外表的假象綁架。據我父親的回憶，他完全是當年相親的受害者。他常惆悵地跟我們投訴：

「彼工早起（那天早上），我綴（隨）媒人婆仔行入去in厝（她家）的時，遠遠看著伊坐佇戶模（門檻），雙手抱一隻白貓仔。看著阮去，伊微微仔笑。我叫是（以為）伊是偌

（多麼）溫柔的查某囡仔咧；啥知娶轉來了後，才知代誌大條。莫講別項，結婚無偌久，一擺（次）小冤家（吵架）爾爾，就共（將）我的西裝鉸（剪）做一條一條，實在真酷刑（可惡）……。到彼陣（那時），才知影予（給）伊騙去。」

母親立刻回嗆：

「當初恁阿公為著幫恁老爸娶某，特別去街仔臨時租一間店面開雜貨仔店；等我嫁去無偌久，伊就把店收收起來。阮阿爹彼當時是看伊有一間店，才共（將）我嫁予伊的。in一家夥（全家人）根本就是詐騙集團。」

這樁父母口中貪圖郎「財」女「貌」的詐騙婚姻，結局當然不會是「琴瑟和鳴」，而比較接近核武的「保證相互摧毀」（Mutual Assured Destruction，簡稱M.A.D.機制，是一種「俱皆毀滅」性質的軍事戰略思想）。成年後，每當父母如此鬥嘴時，我們兄弟姊妹總是笑得東倒西歪。但當父母雙亡後，我認真回想他們的一生，覺得真是悲劇一場。夫妻爭吵，幾乎無日不有之。即使是晚年父親生病住院，母親殷勤照料，我們南下到醫院去探病，鄰床的病患都忍不住要跟我們抱怨：「恁老爸老母實在足愛冤（吵架）咧。」

但這麼愛拌嘴、不時在嘔氣的夫妻，深究起來並非不相愛，只是愛的方法有問題，導致愛的品質極差。他們太年輕就結婚，幾乎是還沒過完青春期，就一頭栽進子女群中。不管夫妻相處或親子互動全不講求，一切但憑直覺。母親精明霸道，個性急躁，求好心切，幾乎每天都在為不如意的生活生氣；相形之下，父親天真浪漫、親和隨興，但求自律，甚少律他。因母親嚴格，在子女教養上父親乾脆束手，樂得扮演白臉。這樣的逍遙，在母親看來就是不負責任。

父親顯然在這宗婚姻中處於劣勢，他一路被母親挑剔詬責，只有在子女返家時，才能吐吐苦水。但母親也有她的苦衷，一個十六歲就成為母親的女人，面對一大家子的孩子和四合院內的諸多妯娌，又豈有示弱的空間！

因為如此，從小，我就成天惶恐過日。父母吵架後，父親避走，母親甩鍋碎碗的陰影揮之不去。自組小家庭後，我每每拿母親當負面教材，不管為妻或為母。一則是我能力不夠，沒有強悍的本錢；二來我不想重蹈父母的覆轍。

另外，我三十多歲才開始寫作，早過了傷春悲秋的年齡；所以，一踏進文壇，便跳過浪漫的愛情，直接凝眸家庭關係。也因為寫作素材經常從生活取材，除了專業的語文教育演講外，逐漸有了親子關係、兩性關係的相關演講邀約。

一日，在咖啡廳和時報文化文娟總編輯討論小說的創作構想時，接獲演講邀約單位的電話。文娟聽到我告訴對方講題訂為「相互靠近的練習」，知道這是一場闡述如何營造愉悅家庭關係的演講，立刻展現了高度的興趣，問我可否將這些年來對這個議題的關切與心得整理出版？

文娟的邀約，啟動了我的思考：因緣於對愉悅家庭氣氛的嚮往，我從結婚之始，便努力經營婚姻，期待和另一半共築的家，能盡量減少爭執、憤怒，多一些歡樂的笑聲。我在我的第一本書《閒情》的序文〈有心〉裡就曾寫著：

只要有心，就能在社會的角落中尋找到最好的景致，就可以在冷漠的人際關係裡搭出最多情的橋樑。

如今，事隔多時，我晉身為婆婆、阿嬤，不時愉快地和兒女、媳婦分享生命的滋味，日日接受孫女帶來的成長喜悅。我可以很驕傲地向世人宣告：「因為有心，母親沒做到的，我做到了。」也許我真的可以將我長久以來對現代家庭問題的觀察及自身在現實生活中的努力實踐和讀者分享。

當然，我必須坦承我不是家庭教育的專家，只是個喜歡創作的散文作者及語文教育的學者；但我關心家庭關係並努力在生活中思索、咀嚼、實踐。我從寫作及教學之初，就堅信所有的學習都是為了讓生活更容易。我也相信所有的理論都是從生活中整理、歸納出來；如果將理論植基的生活還原出來，原本就是一則一則隱藏在現實面下的寫實故事，有笑靨、有血淚；有歡喜、有憂傷。何況，人們不喜歡接觸生硬的理論，人性卻潛藏聽故事的慾望。

於是，我寫下這本「類散文」的實用書。我衷心期待讀者不只被書裡的故事所感動，也能在書中看到自己，並找尋到對應生活的最佳策略。

——本文收錄二〇一九年八月十五日《家人相互靠近的練習》時報文化出版

魔幻的午後

窗外，簷廊上的雨滴淅瀝，彷若催眠。

電視上正上演的電影劇情逐漸無法在腦中聚焦。我神智渙散地進到房裡躺下。

夢裡，陪著女兒去到郊外一個空曠的大屋內，屋頂高得嚇人，像古早年代的菸樓，屋樑就懸在半空中。

三、兩個人正閒聊著，聽說我們要找人，其中一個懶洋洋起身，進去幫忙招喚。

我找個門檻坐下，女兒走過來、走過去，四下張望。就這樣，沒人出來，我們一直鵠候，逐漸不耐起來。……

接著，我醒來。出到客廳，外子依然守著電視，說女兒進去她房裡，應該也睡下了。

我跟著外子把電影的結局看完，發現外子隨著尾端工作人員名單出現又緩緩往螢幕上方消失而歪著頭睡了。

羅患感冒的女兒隨後戴著口罩從裡屋出來，一聲不響，在電腦上打字。

一會兒，她遞過電腦，我聽到google翻譯僵硬地念出以下的字句：

剛才夢到我生病在房間休息，因為鼻塞翻來覆去。起床要來客廳拿頸枕時，發現房間有六到七個不一樣造型的鐘，且每個鐘顯示的時間都不同。有古典白底小花的木頭鐘、有機器人造型的鐘，機器人的腳會隨時間的變化而時彎、時直的上上下下。……

外子被電腦中發出的奇怪機器語音驚醒，說：「我也做了個夢，夢到我正要開始煮咖啡。」說完，他起身張羅器具，開始沖煮咖啡。

外頭依然雨聲淅瀝，我還在夢裡嗎？

——原載二〇一九年十月九日《聯合報・副刊》

遺落

天氣很好，和丈夫、女兒一起去地政事務所辦個移轉手續。服務人員很親切，但恐怕是詐騙橫行，讓她們格外小心。

所有表格填寫及申辦手續一向由丈夫經手，連她的印章都掌握在丈夫的手上。手續已進行到最後一關，她和女兒坐到地政事務所最後方的大沙發上等候，發現一把藍色眼鏡被遺落在同色沙發上。她把它拿到前方較醒目的茶几上，免得被眼拙的人坐壞了，打算若一直沒人來認領，等會兒手續辦完，就送去服務台招領。

丈夫跟櫃台小姐來來回回在資料上塗改修正、重蓋章、對話，折騰半日後，轉頭朝她說：「小姐要問妳問題，換妳來。」

她馬上踱過去，輪丈夫退去沙發坐。小姐問：「妳這房子什麼時候買的？」她馬上轉頭把問題丟過去給丈夫：「嗨！小姐問我們房子什麼時候買的？」小姐阻止她：「我是問妳，不是問妳先生。」丈夫聽到，乖乖保持沉默。她說：「問我沒用啊，家裡的大小事都要問他，我不知道。」她首次意識到自己不知何時遺落了家庭主權。

這題略過，換一題：「妳的戶籍地址設在台北之前，是設在哪裡？」

她本能地又回頭。「不要問別人。」小姐立刻阻止她。「是不是台中？」她反問小姐。這題不知答對沒，小姐又換一題：「妳的戶口裡，還有什麼人？」她頭轉了一半，旋即意識到不能再回頭，只能自力救濟。家裡人口簡單，她囁嚅地試探：「是不是還有女兒？」其實不確知女兒戶口在台北還是台中，所以，也不知答對了沒？她逐漸失去信心。

小姐又出一題：「妳女兒的生日是哪一天？」幸好這一題她有把握，很驕傲地大聲回她。接著：「台中的房子地址知道嗎？」感覺問題越趨簡單，那是她的原生家庭住址，記得牢。她越來越拾回了信心。

幾題過去，忽然來驚天一問：「妳叫什麼名字？」這是什麼鬼問題！測試她是否失智嗎？她本來想假裝忘記自己的名字，但這頑皮念頭只在腦海閃過一秒就作罷，別自找麻煩。

小姐又問：「妳先生的身分證號碼是多少？」她忽然想起這彷彿是幾十年前上映的電影《少女小魚》裡，移民署人員對佯裝婚嫁的移民所做的隔離測試。這題她答不出來，也警覺地不肯再答了。萬一她答錯了，小姐又陸續問他們的結婚紀念日是哪一天？平時丈夫穿睡衣睡覺嗎？或丈夫有沒有假牙？她可就沒輒了，她已經有多年沒好好注意過他了。

她反問：「問這麼多是要怎樣啦！」小姐說：「如果妳申請了戶口謄本來，我就不用這麼麻煩了，我怕有人冒牌來轉移。」說完，還把她的身分證拿到眼下，對照著她的臉看。她不知道怎樣才能讓自己的臉盡量恢復到身分證上那張照片一般青春模樣，唯一可以做的，只是把臉上的老花眼鏡取下，跟小姐四目相對。小姐的眼珠子在身分證照片和她的臉孔間來去幾回合，幸好似乎滿意了。

她鬆了一大口氣，把自己那副漸層老花眼鏡戴上後，忽然想起那把不知何人遺落的眼鏡。趕緊催促丈夫和女兒：「我們把眼鏡送去服務台，丟了眼鏡的人可麻煩大了。」說著，順手拿起茶几那副藍色眼鏡就往前急走過去。

丈夫從沙發上起身，慢條斯理指著沙發說：「只顧著別人的眼鏡，自己的皮包丟了也不管了。」一回頭一看，皮包居然不偏不倚被遺落在那副眼鏡先前棲身的沙發上。

丈夫的話彷彿點出了某種神祕的天機，有關於遺落的。

——原載二〇一九年十二月九日《聯合報・副刊》

我是鐵人無誤

一位女士前來訪查人力資源，說是主計處委託各地縣市政府派人出來調查的。去年已經來過一次，今年又來，據說得持續三年。我姑且相信她，但問她可否拒訪？她說：「老實說也有人拒訪，但……但我的訪調件數就會減少。」我一向心腸軟，聽到這樣的回答，就不好意思拒絕了。

她坐下後，把資料表攤開，逐條念出。先問我的月收入及年收入。說實話，我自己也不確知，年年都是女兒幫我報稅，今年我還沒時間問她總共繳了多少稅，去年的早就忘記了。我好奇問她：「被訪問的人如果忘了，亂答，你們就信了？」她說：「原則上你們答什麼，我們就信什麼，據實登載。」

我不明白，年年報稅，要知道一個人的年薪，不是稅捐稽徵處最清楚？她說：「稅捐稽徵處很保密，不讓資料給主計處知道。」這絕了，國家機構也堅壁清野（好吧！算是亂用成語），都你防我、我防你的，怎麼就相信當事人會誠實以告？但我沒時間跟她抬槓，一心想著趕快答完，我還有文學獎的稿子得看。但繼續往下問答，才發現事情不簡單。容我還原當時的現場：

「請問家裡有幾人？」她問。

「是問戶口內？還是居住人數？還是家庭結構？」我是不是想太多了？女兒住家裡，兒子結婚搬出去住了，該算幾人？

「請問目前有收入的有幾人？」她接著問。

「請問領退休金的算不算？還是只算目前有工作的？」我反問。

「請問你們的年收入若干？」她又問。

「包括退休金？還是退休金之外的收入？」我反問。

「請問妳月收入若干？」她鍥而不捨。但月收入不是年收入除以十二就行了？還是單指我一人？還是要測驗我的數學能力？我被搞糊塗了。

「妳是問我個人的月收入？還是……我沒上班，無固定收入，妳是指每月平均額外收入嗎？」看她的表情，應該也被我弄糊塗了。

「請問妳上個月收入多少？」她以為總算問了一個最簡單的問題。

「我不知道，沒有記帳。」我是真的不知道，不是搪塞。

「請問妳一個星期工作多少時間？」情況漸漸失控，我的算數不好，但還是很有誠意地盡量設法提供較精確的數字。

「如果是演講一場兩小時，可能在家準備二十四小時；一個評審，當場折衝只花二小時，但夜裡至少看了好幾十個小時。妳是指怎樣的工時？」我認真跟她解說。但也許狀況太複雜了，她決定化繁為簡，要求：「那就請妳略估一下吧！」「那就算七十小時吧！」

「請扣掉吃飯和睡覺的時間。」我不知道她為什麼得這樣提醒我，誰會把吃飯和睡覺列入工時！是怕我以少報多嗎？

「已經扣掉了啊！」為了徵實，我算給她聽：「我每天晚上七點到凌晨三點在書房工作，或看稿、或寫稿、或製作演講PPT檔案；或為演講看書，不分假日或平日，總計就約莫五十六小時，不包括睡覺跟吃飯，我沒有吃宵夜的習慣。白天醒來，下午工作至少三小時，除掉帶孫女的兩日，總共五天，計十五小時；若出門到南部演講更花時間，我只算基本的，合計七十一小時算最低標，有時忙起來六親不認。」她詫異極了，露出不可思議的表情，嘴裡吶吶地嘟囔著什麼，手上猶豫地填了一堆數字，然後收拾表格走了。

我懷疑這份不清不楚的調查有何意義，但從來沒注意工時的我，經過這一精算後，也被自己的勞動力嚇到了。如果加上專心帶小孫女的一星期約莫十六小時，總時數為八十七小時。

我是鐵人無誤。但超時工作的法定老人，勞工局會派人來關切嗎？

——原載二〇一九年十二月《停泊棧》第九十三期

全家七口的三代二十一日歐遊

此行將成為我們餘生最美的回憶

一月十七日到二月七日間，在兒子縝密的策畫下，我們一家七口到西班牙的巴塞隆納跟英國的倫敦做了一趟二十一天歡樂無比的自助旅行。

原本只是想趁著《行冊》年假五天，招待兒女們一起去日本過年的，怎麼會變成二十一天的歐洲行？真是說來話長。

當我們計畫去日本旅遊時，旅行社給我們的估價：一人六天的費用約七萬三千九百元，七人合計約五十一．四萬，這只是住宿和機票及導遊費用，還不包括其他購物及零用花費。

兒子聽了，說太貴了，以這樣的價格到歐洲去玩都綽綽有餘，他建議何不去歐洲？兩老一向不執著，主要是「敦親」兼「休閒」罷了，家人在一起，天涯海角，去哪裡都沒關係。

於是兒子自告奮勇，開始規畫。夜裡不時來短訊：

「除夕前出門，機票貴好多，要不要往前移，省下的錢可以多玩幾天，我們早點出發如何？」

「沒問題。」

於是從除夕往前移兩日。

過一天，又來信：

「如果再往前挪三天，又便宜更多，可以玩更多天。」

「沒問題。」

再過兩天，又來信：

「嗨！發現另一個往前挪五天的方案居然可省下××錢。」

……最後總共提早了十三天出發，提前兩天回來，就變成了二十一天的旅行。姑姑把所有的年假都付諸一「旅」還不夠，所以獨自晚了八天出發；兒子的餐廳呢？「已經安排妥當，責成專人負責。」阿嬤取消一個會議加兩個吃飯的約會。

行程的安排煞費苦心。妹妹晚到，重要的景點只能往後移，動線要流暢，住宿的選擇，除了看網路評比、挨家比價外，因為老的老、小的小，還得衡量方便性。租車、還車容易，開車上路找尋還得有真本事。兒子不愧此中高手，他駕輕就熟，暗夜裡走到山巔、海隅也無所懼，想來年輕時到印度、南美的壯遊及就業時的國外出差讓他練出了膽識。

回來後，很多看過臉書上我的旅遊報導的朋友最關心的莫過於：「這麼多天的七人旅遊，花了你不少錢吧！」

憑良心說，我也抱著必死的決心剉咧等，不知錢坑有多深，完全沒個底兒。外子天天追著兒子要付帳，兒子老是閒閒說：「應該不會太多，我雖然記了帳，但確切數字也要等刷卡帳單來了之後才知道。」

今日終於答案揭曉，Line的家人對話框裡得到兒子寄來的帳單。此行總計花了五八二六九八元。除了落落長的細目外，還附了兩張美美的彩色圓餅圖，分析費用比例：約莫住、行及其餘（食、衣、育、樂）各佔三分之一。

收到帳單真的鬆了一大口氣。（因為原先預期的費用太高，答案揭曉後感覺輕鬆不少，但真正要掏錢出來時還是咬緊了牙根，接下來要認真工作以補資金缺口了，但無論如何，還是覺得親情無價，人生難得幾回舉家共遊啊！）

我真心誠意寫信給兒子道謝：「難為你了，帳單好仔細，難怪算那麼久。這次旅遊太棒

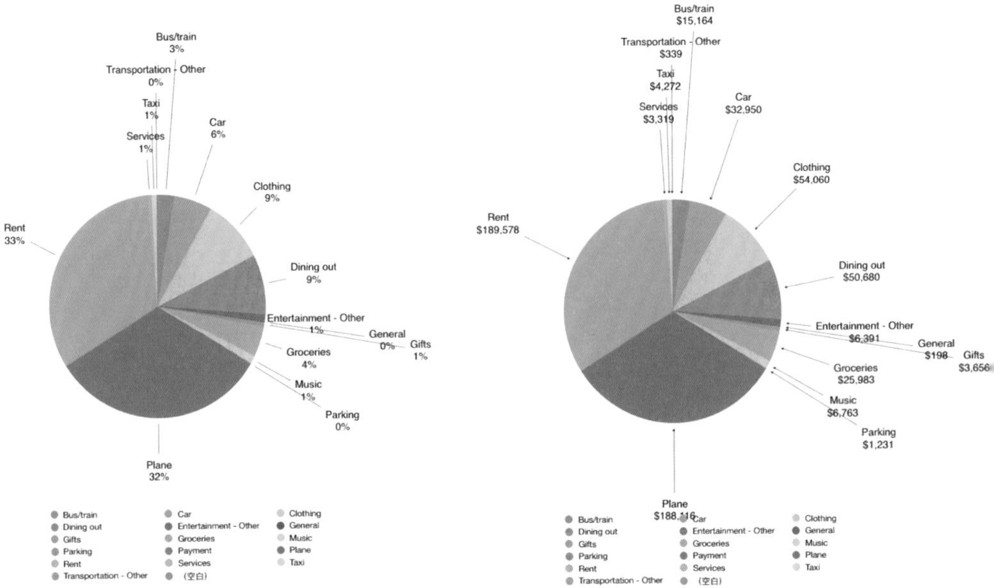

全家七口二十一天的花費分析圖。

了，花費很少，樂趣甚多，CP值最高。其中爸把收穫最多，用了六、七本畫冊及畫仙板無數張。我也在途中寫了兩篇評論，及臉書遊記，感覺此行很豐實。人生如此，夫復何求。感謝兒子用心成全，媳婦及女兒相當管用，孫女好會娛親。此行將成為我們餘生最美的回憶。」

女兒也在對話框裡說：「也謝謝哥哥細心安排此趟難忘的旅遊。我第一次如此輕鬆的自助旅行。（完全不用管，只要跟著走）感恩！」

兒子回信：「感謝老爹老媽給我們機會服務長大後第一次全家出遊非常珍惜。」停了一分鐘，接著飛來一句：「感謝各位配合。小費箱在後頭，請自行斟酌。」

二十一天的旅遊，稍事回顧如下：

（出發前）

二〇一九年一月十日　這地方的名字好難記喔！

放學後，海蒂邊走邊跟阿嬤聊天。

海蒂說：「我在聯絡簿上跟老師說，我們要出國去旅行。老師看了，問我去哪裡旅行？我說了倫敦，還有一個地方想不起來。沒說。」

阿嬤說：「是巴塞隆納吧？」

海蒂吐了吐舌頭說：「幸好我沒說，我本來要講金甌女中的。」

金甌女中！！！出國旅行去金甌女中？就在隔壁。

過兩天，阿嬤問她，記得要去哪裡旅行嗎？這回，英國還是既定行程，但金甌女中忽焉變成馬來西亞。阿嬤更正後，海蒂笑了，說：

「這地方的名字好難記喔！」

好吧！阿嬤跟孫女的旅行本來就很隨興的。總算真的要搭飛機出國，不只是翻牆過去金甌。

凌晨出發前合影於桃園機場，還要上班的女兒隨後才追趕到西班牙會合。

（行程中）

二〇一九年一月十八日　一團亂的啟程

出師不利，最怕的事終於發生。

因為行程得轉機，在台北check in時，獲知行李可以隨人轉機，兒子還歡欣鼓舞，媳婦說她有次參與坎城影展，行李就沒跟上，不表樂觀。果然女人睿智，行李沒跟上。在倫敦轉機時，就找不著了。

沒辦法，只好輕騎上路。在轉機時，小朋友因為飛機下降時的艙壓改變，耳朵痛得大哭，接著因時差關係，不時被叫醒，而醒睡無常顯示不安。

今日凌晨醒來，阿公發現隨身只帶了一餐的降血壓藥，今早一吃完，即刻彈盡援絕，急得血壓上升（我猜測）。趕緊Line女兒，請她趕緊從辦公室回家，傳處方籤，以備不時之需。（但西班牙街上可以憑台灣的處方籤買到藥嗎？我很懷疑。）當然，最好行李能及時被送到。阿公說，他決定努力運動，大量流汗，仿效回老家台中潭子除草時流汗降血壓。媳婦建議全家徒步去機場，把自己搞得大汗淋漓。

總之，一團亂啊。希望能漸入佳境，（至少孫女又活蹦亂跳了）阿彌陀佛。

二〇一九年一月十九日　如詩如畫的夜

昨晚，摸黑開車進西班牙Sant Pere Despuig，七彎八拐進到一個由十八世紀的磨坊改造而成的莊園。

暗夜裡，乍然置身在哈利波特裡如夢似幻的莊園，簡直不敢置信。兩幢石頭屋就矗立眼前，四周寬闊無邊，如入無人之境，根本就是個「不知有漢、無論魏晉」的桃花源。這五天，這兩幢古老建築就暫時專屬我們。

沒有皮箱，沒有行李，人生變成極簡，倒和室內的陳設合了節拍，成全了空曠素樸之美。

孩子們很快倦極而眠，我望著另幢石屋暈黃的一盞簷下燈寂寂守候，覺得靜美安祥，人生夫復何求。

感謝兒子幾日來夙夜匪懈的悉心安排策畫，讓最美好的想望成真。兒子問：「這次的旅行，有最可靠的領隊、導遊、攝影師兼廚師，你們知道應該感謝誰吧？」我說：「請問這位厲害的角色是誰生的？」

投宿的第一家民宿，是由磨坊改建的石頭屋，風情別具。

家人圍坐白色圓桌前，享用兒子準備的早餐，感受無限的幸福。

二〇一九年一月十九日　誰叫他們都是O型！

一早起床，推開柴門，遼闊的天空和草地，還有遠方的山巒盡收眼底，真是讓人心曠神怡。

兒子負責早餐。烤法國麵包夾火腿、起司，甜葡萄，還有咖啡和好茶。許久不曾一起吃早餐，如今圍著白桌環坐，感覺格外溫馨。尤其由兒子伺候著，更是難得。

走在殘雪覆蓋的柴門外小徑，充分領略異國的風情。

邊吃早餐，做父母的我們邊對兒子盡心又周全的安排表達謝意。兩老都對能入住這麼美好的民宿感到不可思議地滿意。

接著，出到戶外，阿公開始速寫，二姝也學阿公拿著本子畫畫。

姊姊畫得很快，妹妹看來看去，相中屋旁那潭冷冽清澈、隱隱平鋪著薄冰的潭水。她請阿公

應邀站在池塘另一端當模特兒的阿公，被孫女嫌棄很難畫。

海蒂、諾諾煞有介事效法阿公提筆寫生。

放下畫筆，過到潭的另一邊，當她的模特兒，就站在小池塘的邊兒讓她畫。

她細心畫完池塘和草地，說：「阿公好難畫，請阿嬤幫我畫。」（那幹嘛讓阿公站那裡站那麼久？）

姊姊每次總是畫得又好又快，妹妹對這點有她獨到的解讀：「沒辦法，姊姊就是跟阿公一樣，他們兩個都是O型嘛！」

二〇一九年一月二十日　自由行真的好自由

因為行李遺失，前天，我們去奧落特（Olot）和赫羅納（Girona）瘋狂添購所需的衣物。

沒料到，夜裡回家，諾諾一下車，機靈地瞥見月光下有四口皮箱站立在下幢石屋的廊簷下。放眼看去，每一口箱子都一臉風霜，疲態盡露。

以為羈旅在荒郊野外，航空公司必然無法及時馳至；我們已興沖沖載了至少一大皮箱的新衣褲回來。這下子麻煩可大了，才第二天，就把二十天分量的shopping扣達給用光了，而且買的東西都跟帶來的那幾口箱子內的衣褲完全重複，毫無創意可言。

但shopping終究是件愉悅的事，沒啥好抱怨的。何況，在市集和商場間，最能看見風土人情。

上回，來西班牙約莫八年前，盡在皇宮、教堂和博物館間奔走；這回，我們早就說好了，自由行要的就是自由輕鬆。選擇偏僻處，就是想漫步田野，或馳驅古建築。

一路上，小朋友看到雲朵、牛、馬和彩霞……等美好景致無不讚嘆歡喜。大人走在潔淨的石板地上逛街，也怡然自得。下午，吃冰淇淋、喝咖啡，買零食，我們入境隨俗，也逐漸習慣了九點左右才吃晚餐。總之，小孩開心，大人就高興了。

兒子負全責，除了開車、籌吃喝，還要控制預算。他說，早餐和晚餐在民宿自理，午餐

一路上，小朋友看到雲朵、牛、馬和彩霞，不停歡呼驚叫。

看似優遊自在的咖啡時間，常常都是為了解決憋尿的問題。

外食。外食吃得好些，晚餐可以簡單些。

第二天白天吃得賊飽；晚餐，我用高湯熬煮了好吃的鹹稀飯，有肉絲、節瓜、番茄、雞蛋，加上碩大的大蔥居然也大受歡迎。

家人一起旅行，老人家只要安心接受服務，偶爾幫點小忙，提防別太囉唆，一切就會非常圓滿。

二〇一九年一月二十二日　寫信給姑姑

昨日，去了布莉特寶・德拉羅卡，看了奇絕的懸崖上的城堡，整座城堡依山而建，遠遠看去，就像一張水墨畫，非常奇特。

雖然是假日，觀光景點的Beget小鎮卻人煙稀少，可能是天氣太冷，風又大的緣故。但石頭砌出的建築雲集，景致非常美麗。我們拾階而上，觸目在在令人驚豔，可惜餐點不佳，口味夾纏又濃稠的加泰隆尼亞食物鹹得我們舌頭發麻。

幸而，回民宿後的晚餐有驚喜。諾諾的爸拔烤了豬五花和香腸，我另炒了兩道菜跟一道湯，大夥兒都大快朵頤，頻頻稱讚。

自從兒子經營了「行冊餐廳」後，因工作忙碌，鮮少有機會同遊。此次排除萬難一起旅

布莉特寶・德拉羅卡懸崖上的奇絕城堡，遠眺猶如一張美麗的水墨畫。

行，一路上，看見兒子跟媳婦非常有耐心地教養、呵護小孫女，真是感到萬分欣慰，他們不厭其煩地反覆跟孩子講理，十分讓人動容。

兩個小朋友也許仍跟時差奮戰，也或者跟父母同行，喜歡撒嬌，兩人輪流索抱。看兒子媳婦一路辛苦，本想就地買台簡易娃娃車讓二姝輪流坐，但從巴塞隆納到Sant Pere Despuig，就是沒能找到賣簡易娃娃車（動輒好幾萬可不行）的商家。

此事驚動小姑姑，特地從台灣寫信來問，需不需要在她過幾日搭機來西班牙相會時，幫忙帶一部過來？

適才阿嬤問諾諾：「需不需要姑姑從台北幫忙妳帶娃娃車過來？我來寫信告訴姑姑。」—

諾諾露出不好意思的表情，忸怩不答。

我拿起手機，假裝要回覆，請她馬上做決定。諾說：「寫我最愛姑姑。」我打開手機，說：「那我就寫信給姑姑，說諾諾說：『我最愛姑姑，請姑姑幫我帶娃娃車來。』」

諾低頭笑說：「妳只寫我最愛姑姑就好，不必寫其他的。」

這個小滑頭啊！完全洞悉人心，知道姑姑最吃這一套。

孫女追著鴿子跑，廣場間流動著童稚的笑聲；阿公用畫筆一一捕捉孫女的快樂童年。

二〇一九年一月二十四日　美的典範

昨日從住了四晚的Sant Pere Despuig莊園離開，心裡好不捨，那樣的環境，適合住上一輩子的。離開之前，二姝又再度去餵了她們最喜歡的馬兒。

移居市區的住處前，我們一路觀賞了幾個超級美麗的古城，石造的屋宇真是漂亮。教堂宏偉、小舖精緻，蜿蜒的巷道曲徑通幽。因為不是假日，天氣又冷，廣場上，只見群鴿嬉戲，許多店家都不營業。正因人煙稀罕，能在錯落有致的古城建築裡自在穿梭，美好寬闊的場域竟彷彿成為我們的專屬地，感覺好富足。

孫女追鴿子，姊妹相互逗趣，成為相機捕捉的焦點。阿公每到必畫，引得稀疏觀光客從各角落聚攏圍觀。我們一路走，不時進咖啡店借洗手間，幾乎嘗遍各式咖啡滋味。

我們先去中世紀古城Besalú（貝薩魯）；接著是《冰與火之歌Game of Thrones》拍攝地古城Girona景點。一婉

孫女登高望遠，顧盼之間，不可一世。

一家三代成員依照攝影的兒子指示，在森立的古堡間做出最兇惡的表情。

約，一壯闊，都美不勝收。

充分感受美學素養不是教室內空泛的理論，不是美術館牆上的展覽作品，而是常民的居所建築，商舖的擺設格調，還有錯身而過的微笑點頭。

在冰天雪地裡堆雪人的二妹及將Nuria冰天雪地的壯觀都收攬進畫本裡的阿公。

二〇一九年一月二十四日　將Nuria冰天雪地的壯觀都收攬進畫本裡

阿公將Nuria冰天雪地的壯觀都收攬進畫本裡。

爸爸又將阿公畫畫的英姿連同四周景致一併收錄到手機裡。

小朋友則在手機裡，歡喜堆雪人。

二〇一九年一月二十五日　市中心的公寓

住過林間深處的古建築，接下來，兒子訂的是市中心的公寓。

是一幢非常漂亮典雅的房子。四房三衛三廳一園一衣帽間，還有一燙衣間，設備完善極了。

廚房裡柴米油鹽醬醋茶，樣樣都齊全，連白米都有，咖啡自不在話下。

洗衣、烘衣、大小烤箱、洗碗機、煮咖啡的器皿……只要妳需要的他都有，連燭光都不缺。各種鍋碗瓢盆應有盡有，大盤小碟碗公大小杯都在櫃內排隊。

但第一日進駐，因為從山間居所帶了生食若干過

市中心公寓廚房裡，鍋碗瓢盆的設備一應俱全。

來，阿嬤決定隨便給大家炒個香噴噴的火腿洋蔥蛋炒飯。

沒料到，萬事皆備，鍋裡飄出誘人的香氣，二孫女一旁讚美有加之時，阿嬤手一滑，整鍋好料連同鍋子往旁邊滑出，全壯烈殉身。

阿嬤惱羞成怒，氣到說不出話，坐到沙發上虎著臉。海蒂跟過一旁問：「我好想吃阿嬤

做的炒飯，阿嬤做的炒飯好香。」阿嬤稍稍得到撫慰。

海蒂接著問：「阿嬤這麼生氣，到底是誰的錯？」

阿嬤只好說：「阿嬤氣自己不小心，但是也氣阿公一直沒來幫忙。」沒有拖一個人出來墊背，很難下台。

於是，夜裡九點多穿戴整齊外出覓食，意外吃了一頓美味的川菜。算是因禍得福。

無處不畫的阿公，即使在人馬雜沓的Passeig de Gràcia街市，一筆在手，也悠然自得。

二〇一九年一月二十七日　若阿嬤不幸流落西班牙街頭

昨日一早，走在Passeig de Gràcia的大道上，爸拔特別叮嚀要看好身上物，免遭扒手毒手。

大家開始複習阿

嬤的媽媽多年前在布拉格掉了護照和鈔票的往事，不自禁思念起阿嬤的媽媽。說著、說著，忽然媳婦抓住一個年約五十的男人不放，逼他取出一支手機。原來媳婦的手機就在談笑間被扒了。

男人不得已從口袋掏出手機還給媳婦。兒子怒斥男子，男人喃喃辯解。後來阿嬤問兒子：「你們對話些什麼？」兒子欺阿嬤不懂西班牙語，說得天花亂墜。（翻譯明顯長過原文）總之，大家都稱頌媳婦機警無比。

過了一個鐘頭左右。阿嬤湊近媳婦身邊，關心她的手機有沒有保管好？媳婦伸手進口袋，瞬間嚇了一跳。阿嬤跟姑姑忍不住哈哈大笑。

看來阿嬤比職業扒手更技高一籌，輕易就得手手機一支。不知是西班牙的扒手技術太差，還是阿嬤身手太俐落。總之，若阿嬤不幸流落西班牙街頭，不怕無法謀生了。

二〇一九年一月二十七日　這世界不是妳想要怎樣就能怎樣

昨日逛完巴塞隆納港，去過西班牙哥德區，看遍舊城區。小諾可舒適了，坐上小姑姑帶來的娃娃車，遍覽城市風光。回居處前，還去他們的觀光市場繞了一圈，人潮滾滾，市聲喧闐，五顏六色的蔬菜水果、長串鮮豔辣椒……真讓人目眩神移。

Mercado de La Boqueria觀光市場內的辛香料攤的豔紅色彩，全然是導演阿默．多瓦電影風格的呈現。

中午在古城巷弄間的小酒館，吃了好美味的食物，就像置身日本京都的居酒屋裡，只是京都左右環繞的黑髮亞洲人，換成尖鼻子的歐洲人。

晚間，導遊兒子說：「導遊太辛苦，可否告假一晚，帶著太太去喝酒尋歡？」於是一對無良父母穿戴整齊，放下啼哭小諾給阿嬤照管。

阿公不勝白日辛苦走路，早早陣亡；小姑姑和時差奮戰不力，也倒臥不起，只剩精神奕奕的阿嬤獨立撐持。

原本要結束一篇文章的，小諾一旁頻問阿嬤何時可以陪玩？阿嬤一時無法下筆，也不堪糾纏，就關上電腦說；「好吧！先陪妳們玩吧！」諾竟然接著說：「反正妳現在應該也是還想不出來要寫什麼吧！」阿嬤大驚，此姝精靈。

爸媽走後，阿嬤跟孫女玩遊戲、唱歌、說故事，節目進入尾聲的睡覺。小諾開始啜泣要找媽媽。阿嬤勸到口乾舌燥，全不管用。

海蒂也跟著遊說：「爸爸媽媽出去談戀愛，這樣爸爸才不會常常打電腦遊戲，媽媽也才不會常常罵爸爸。妳就不要再哭了，要給他們一點空間。」阿嬤聽了，目瞪口呆。

躺到床上，諾諾依然嚶嚶哭泣。姊煩了，說：「妳不要再哭了，這樣我怎麼睡覺！我給妳三個選擇：第一，妳去跟阿公睡覺；第二妳可以不睡覺，睜著眼睛在床上乖乖躺著；第三，妳就乖乖睡了吧。」妹妹選擇了第二。但還是忍不住偷偷哭。

西班牙哥德區的建築宏偉，連公共水龍頭都很搶眼。

姐姐又說：「妹妹，妳要知道，這個世界不是妳要有什麼就會有什麼的，妳哭也是沒有用的，不如睡了吧。」

然後，小諾終於絕望入睡。

遠處右方的米白色石頭屋，就是我們在Falset 酒庄落腳的包棟民宿。

二〇一九年一月二十七日　這將成為人生中最美好的回憶

車行一小時又二十分鐘左右，我們來到此次旅行的第四個落腳處——Falset山上葡萄園旁的石屋。

兒子依照導航行走，一路上，險象環生，道路逼仄，一邊是樹林，一邊是梯型草叢，車行顛簸，大家驚叫連連。走啊走的，居然進到蜿蜒山路的深處。

正以為迷路了（兒子可沒認為迷路），男主人終於駕車來迎，原來就在前方，一幢大石屋出現眼前。

這回的旅行，都是兒子一手策畫。不得不承認，年輕人就是行，處處都是驚喜，每一個住處，都讓人眼睛一亮。

民宿透出的暈黃燈光，彷彿正訴說著什麼古老的故事。

一進門，映入眼簾的，就是石頭屋寬敞的廚房，好吸睛。

這間屋子真是太帥了。景觀超讚，樓下客廳壁爐裡燒著紅紅的炭火，感覺彷若回到中古世紀。

文章最後，照例阿諛一下兒子：你真棒！這將成為你爸和我人生中最美好的回憶。雖然，昨晚我們還為做飯吵了一架。

二〇一九年一月二十八日　阿公他鄉遇故知

阿公在家的時候，最關心的不是阿嬤，是垃圾。不管身在何處，人在何方，倒垃圾時間一到，他一定飛奔而至，絕不錯過垃圾車。

阿嬤常常自嘲：「我的待遇遠遠不如垃圾車。」他追求太太，遠不如追垃圾車之殷勤。常常趁假日回台中，最困擾的通常是那些未能及時丟出的垃圾。常常為了一包垃圾得待到星期一早上丟過垃圾後才能北上。

這回出國旅行，原以為終於擺脫了垃圾小三的糾纏。誰知不然，垃圾的困擾仍如影隨形。

阿公在巴塞隆納的小鎮上他鄉遇故知，垃圾車是他永遠的懸念，由國內到國外，癡心不改。

民宿一住動輒四、五天。溫度奇低，本來放個幾天不是問題，再不然先冰在冰箱一併處理也是可以。但對垃圾的敏感使他無法接受將垃圾放進冰箱，彷彿這一放，整個冰箱的食物將悉數被污染。天天為此焦慮。

昨日在西班牙的古城中赫然發現一輛迷你垃圾車。不瞞您說，他一雙眼睛瞬間賊亮起來，如見親人，差點立刻奔去認親，甚或撫車落淚。一副他鄉遇故知的驚喜。太太憐惜他，特地為他幫西班牙的摯友垃圾車拍照留念。

二〇一九年一月二十九日　用眼睛照相

一早起床，兒子問：「請問今天你們是想往山上跑？還是往山下走比較好？」

「這不就是山上了嗎？怎麼往山上跑？」阿嬤詫異地問。

「山上還有山，人上還有人。」我得到的訊息是如此。然後，我們就朝山上聽說只住了二十五個人的村莊前進。（媳婦感冒，只能據守石屋。）

昨日到這漂亮的石屋民宿時，左彎右拐地費了點工夫。房東說，另有一條穿過河的路，好走又省時。

稍稍整飭後，我們冒著寒風摸黑往山下吃飯去。山路險巇，路況又不熟，一車子的人都

車子徐行進入僅有三十二人居住的Siurana小鎮，整個聚落像沉睡般安靜。

提心吊膽。車子不時前進又後退，感覺每一分鐘都可能掉下懸崖。車子終於平安走到馬路時，小朋友都歡呼起來，大人全流了一身冷汗。媳婦驚魂甫定說：「剛剛我的屁股夾得好緊。」大家一致同意，奉為此行經典台詞。

經過昨夜一役，今日輕鬆上路，才有心情環視周遭。山巒壯闊，車行流利，真是賞心悅目。小村莊幾乎不見人煙。天氣超級冷，媽媽沒來，小朋友時時記掛，每見一新鮮事，都想跟媽媽分享。

阿公的手機沒電了，無法照相。他笑著自我解嘲：「我用眼睛看，用腦子記起來，不用相機。」

隔了一會兒，諾諾不讓姑姑拍照。姑姑

勸她：「妳要讓姑姑拍照，以後長大了，看起照片，才會記得妳來過這裡啊！」

諾諾回姑姑：「我用眼睛照相，不必用手機照。」阿嬤說：「那麼，妳有把阿嬤照起來嗎？」諾和海蒂都立刻走到阿嬤前面，看著阿嬤的臉，眼睛一眨，說：「我照起來了。」

就這樣，只要看到好風景，兩個小朋友就眨眼。海蒂問：「阿嬤！你的照片總共儲存幾張了？我已經用眼睛照了二十張了。」諾諾說她照了二十一張，比姊姊多一張。

父女一大一小的身影，被定格在靜謐的群山中。

「最滿意的是哪一張呢？」阿嬤問。兩人不約而同說是臨走的那一張：「一邊是山，一邊是海的那一張。」

小朋友反問阿嬤呢？

阿嬤說：「我覺得最美的是：海蒂和諾諾站到阿嬤前面，對著阿嬤眨眼的那兩張。」兩個小孫女都樂了。

二〇一九年一月三十日　爸拔接受機智問答

前幾日在巴塞隆納參觀了幾個教堂，回民宿後，孫女的爸把接受兩位小孫女連番的請益，差點兒招架不住。

諾問：「為什麼耶穌只有男生沒有女生？」

爸答：「也有女的神啊！只是不叫耶穌，叫聖母瑪利亞，是耶穌的媽媽。」

海蒂問：「那耶穌有女朋友嗎？」

爸答：「應該有吧，爸拔跟他不熟。」

諾問：「為什麼耶穌的鬍子比你長？」

爸答：「因為他掛在十字架上，沒辦法刮鬍子。」

海蒂問：「耶穌幾歲了？」

阿公素寫Basílica de Santa Maria del Pi的廣場。

爸答：「他如果活著，應該有好幾千歲了吧。」

海蒂問：「他為什麼生在馬槽裡？」

爸答：「因為他們很窮。」

海蒂問：「人家為什麼要釘他？」

爸答：「當時的人認為他亂說話，所以處罰他，後來才知道他說的其實沒錯。」

海蒂問：「為什麼要把他掛在十字架上？不用其他方法？」

爸答：「因為有現成兩根木頭，很簡單，很容易就釘上了。」

以上的機智測驗，兒子險險過關。兒子轉述的最後，擦著汗說：「當晚，想起白天的問答，居然失眠了。」

我不禁想起小時候家裡客廳牆上掛了一幅聖母抱嬰圖。只要有比丘尼前來化緣，因為我們家窮，無法奉獻，媽媽就往牆上的圖一比，說：「阮信這。」

比丘尼二話不說就轉身離去；母親也馬上轉身拜祖先，跟他們告罪。

海蒂在巴塞隆納畢卡索美術館附近的海洋聖母教堂虔誠祈禱。

二姝應該跟當年的我一樣困惑吧！關於宗教。

二〇一九年一月三十一日　中西民情果真大不同。

兒子的法籍友人Franck和台灣太太Eve昨日宴請我們。

除了她們夫婦和甫一歲的小女兒外，Franck的父母也剛好從法國過來，一併出席。一時，飯桌上英語、國語、西班牙語、法語交錯。Franck的父母只能講法文，我們講國語和英文；兒子和Franck夫妻可以說些西班牙語。Eve居中翻譯，跟公婆講法文，跟先生說英文，跟我們說中文，跟店老闆說西班牙文，講到後來，有些錯亂，開始跟丈夫說起中文，讓大夥兒笑倒。

朋友Franck帶著遠道而來的我們參觀釀酒合作社。

Franck在西班牙種葡萄，釀葡萄酒，太太是品酒師，也是酒商。夫婦倆好熱情，除了請吃飯，還領著我們去他們的葡萄園，介紹葡萄的種植要領；到釀酒的合作社跟我們說明葡萄酒的釀造過程並請我們品酒。讓我們長了好多知識也見識了釀酒廠的龐大規模。

聽說他的父母年高七十，一生都不安於室。他們從小就跟著爸媽到處露營。現在年紀大了，常常好好的家不住，就在家裡幾公里處紮營。這次兩老到西班牙住兩個月，沒住兒子家，就在Franck家附近露營，讓台灣媳婦好羞愧不安，他們卻怡然自得。

若是我母親到台北，必需在我家附近紮營露宿，別說她會上告到京城，弄得滿城皆知，就家裡的親戚也不會饒過我們，不孝排行榜絕對高居台灣第一名。中西民情果真大不同。

二〇一九年二月一日　再見！巴塞隆納

聽說英國大雪紛飛，我們在臨別巴塞隆納前，先繞道shopping mall各買一雙靴子。就把舊鞋都留在西班牙了。

再見了！巴塞隆納。

還有從台灣渡海而來的三雙舊鞋。

往倫敦前進。

二〇一九年二月一日　回想那夜西班牙的佛朗明哥舞

臨別西班牙之際，想起二十七日那晚，兒子安排我們去畢卡索的美術館。（上回來時已參觀過）之後，去一個約莫可以容納六十多人的小劇場觀賞佛朗明哥舞。小朋友喝果汁，大人人手一杯酒。

我們人多，坐在最後靠牆的那一排。位置非常理想，小朋友看得歡喜時，還可以站起來看。一開始，小朋友還表示沒啥興趣；沒料到開場後，兩位小朋友全程興奮得不得了，跟著打拍子，專注極了。中場休息時間還忍不住在座位前扭腰擺臀，學舞者跳舞。表演者共五人。一人唱歌、兩人（一男一女）跳舞、一人彈吉他、一人打鼓。唱者歌聲嘹亮纏綿，雖不懂西班牙文，但是聽得出來是在講一個悲傷的故事。

小酒館內觀賞唱作俱佳的佛朗明歌舞表演，好醉人的夜。

散場時，看到男女舞者換上便服在一旁喝飲料。我說：「就是要這樣的臉孔來跳佛朗明哥舞才有說服力。」兒子笑著說：「的確！就像看到店裡黑人在捏壽司或白人在搖珍珠奶茶，就是怪！佛朗明哥舞就是要西班牙人來跳才像樣。」

可是，回到住處，二妹把大人的衣服繫在腰間，開始扭腰擺臀，兩人仿舞台上的男女對舞佛朗明哥舞，似乎一點也沒違和感，還有模有樣的，這是阿嬤個人的偏見嗎？

二〇一九年二月二日　因為廁所，我就是❤台灣

每換一次住處，總是夜晚到達。從西班牙搭機到倫敦，下機時，也是夜晚時分。兒子查了機場到住處的計程車費，居然要價不菲，幾乎要直比西班牙到倫敦的七人機票費用。於是決定跟它拚了。

我們五個大人拖著五口大皮箱、拉著兩個小朋友、外帶一個娃娃車，就這麼克難地搭火車轉地鐵，再走約莫五分鐘才到達。下火車時，迎面飛來雪花片片，真是無限驚喜。

狀況說起來是很順利的，車上都有位置可坐，從地鐵站下車徒步到民宿時，雪也停了，沒找我們麻煩。

只是姊姊海蒂忽然在下火車的月台上說要上洗

無分大小，人手一箱，推著前進英國。

手間（但其實才上過沒多久）。遍尋不著洗手間，地鐵竟然就來了。大家慌慌張張上了車，一坐就是九個站。阿嬤好著急，將心比心，深知尿急之苦，卻完全沒輒。只聽孩子的娘殷殷規勸姊姊：「妳就放輕鬆，我知道妳沒有那麼急，妳根本沒喝什麼水，只是心裡恐懼沒地方上廁所。現在，妳就別想上廁所這件事，很快車子就到站了。」

姊姊動心忍性，終於下了地鐵。地鐵站內外，居然也找不著洗手間，這一急，連阿嬤都想上廁所了！

暗夜中，我們一邊擔心姊姊的膀胱，一邊推著行李快步行走。好不容易到達住處，還要依照奇怪的密碼開大門，再用另一組密碼找鑰匙；再用鑰匙開房

英國落腳的公寓（黑色那棟）門口，外表看似素樸簡單，屋裡設備倒是一應俱全。大門外就是熱鬧的市集。

找一家大人小孩兩相宜的咖啡店，喝咖啡、吃冰淇淋，拿店中道具玩自拍。

門。幸好兒子鎮靜機靈（不得不嘆服屬於他們的時代來了，若換作我可要手忙腳亂了），終於讓危機解除（從頭到尾，不見民宿主人）。

說到地鐵站裡竟然沒有洗手間！我深刻感受這一趟旅行，加強了我一萬倍愛台灣的心。相較之下，台灣真是太方便了。不管是市區內的加油站，小七；或火車站、高鐵站、捷運站及各遊覽區，到處都有方便乾淨的免費廁所。

而我們這趟旅行，從西班牙到倫敦，好像一路都在找廁所。在西班牙的觀光區，我們為了上廁所，不停地去咖啡廳喝咖啡，上完廁所、喝完咖啡出來，又尿意頻生，如此惡性循環，真不知伊於胡底？

地鐵站裡沒有洗手間真讓人吃驚啊！我愛台灣，不說什麼人情味了，就憑廁所遍布，就可看出是個多麼友善的國家。

二〇一九年二月三日　不要擋到人家

一行七人出門在外，兒子是領導，領導最常說的一句話是：「不要擋到人家。」

他在地鐵站買票，我們好奇圍上去看。他必揮手趕我們：「不要擋到人家。」

他在半路發現好像走錯路，停下腳步。大夥兒又湊過來問怎麼啦？他必將老的、小的趕到一邊，說：「不要擋到人家。」

他在地鐵出口猶豫著要往哪個方向走。眾人又圍著他，仰頭問他往哪邊走？他又把一干人圈進牆邊。說：「不要擋到人家。」

等車的時候，阿嬤阿公姑姑媽媽逗小朋友玩，越聊越近，頭擠在一起。他又出來維持秩序。說：「不要擋到人家。」

阿嬤跟阿公說：「兒子一路上像個監察官一樣。看起來很有公德心。」

阿公不置一辭，只冷笑，因為他很少犯規被糾正。阿嬤沒灰心，很驕傲地接著說：「這個孩子教養好，隨時沒忘記別人的存在，他的娘教得真好。」

阿公看了阿嬤一眼，沒說話。（夫妻幾十年了，我還能不明白嗎！意思是：「上樑自己不正，還好意思攬功！」）

阿嬤不管，又說了：「話又說回來，結結實實的七個人存在著，最小的也有十幾公斤，怎樣能不擋到別人呢？除非化整為零。但有老的、小的，一起旅行，總得牽著手，如何化整

阿公速寫old spitalfields市集。

為零？每天閃過來、閃過去的，他是希望我們有縮骨功嗎？」

二〇一九年二月四日　成語應用的選擇題

昨日去逛市集，到目的地後，兵分兩路。約好離開時間及相會地點後解散。兒子帶著媳婦和兩孫女一組，阿公阿嬤和姑姑一組。中午，我們這組決定吃印度菜。吃飯時，阿公拿出小筆記本給阿嬤記了點事情。

市集裡的小吃攤，五味雜陳，濃煙四起，遊客興味不減，穿梭其間。

吃完午餐，找地方喝咖啡。走了有一會兒後，阿公忽然想起那本小筆記本，硬賴給阿嬤，說阿嬤沒把本子還他，應該是還留在餐桌上。

阿嬤一向糊塗，雖然感覺似乎有還本子的印象，卻沒十分把握，趕緊回頭去找。

走在路上，阿嬤開玩笑說：「我們跟那些印度人說要找“note book”，他們會不會不還我們筆記本，而還給我們一台筆記型電腦？」姑姑說：「妳想太多。」

後來證明阿嬤睿智。那些個印度人果然沒還給我們筆記本。印度服務生的英語真不行，他們支支吾吾瞎說了半天，有一個乾脆趴到我們剛才吃飯的桌子下方看（那張桌子已有對情侶正吃著飯哪！）爬起來後頻頻搖手說沒有。

這時，那對吃飯的情侶中的男子，問我們是不是在找一張卡？我們還來不及反應，那位印度男子聽到"card"立刻從裡頭取出一張oyster card（牡蠣卡）。我急急翻了隨身包，發現兒子幫我們各加值了三十英鎊且一再叮嚀這張卡要用六天，莫要搞丟的牡蠣卡（即悠遊卡）竟然不見了，且落到這位印度人手中。而且阿公很快發現他要尋找的本子舒舒服服躺在背包裡。

我們去找一本安躺在阿公背包內的小筆記本，卻意外尋回壓根兒不知已然遺失的牡蠣卡。諸位以為，這應該使用哪一句成語來形容才比較準確呢？

始料未及？

因禍得福？

天公疼好人？

陰錯陽差？

失之東隅，收之桑榆？

還是以上皆非？

二〇一九年二月五日　參觀大英博物館的心得

昨日到大英博物館參觀。

小朋友的爸媽領著二姝，一一解說。看到北蘇丹挖出的文物中，有一張武士和武器合葬的圖片。

海蒂問：「他為什麼要跟武器合葬呢？」爸爸說：「古時候的人，死去以後，會希望跟最愛的東西葬在一起。武士一天到晚使用武器，武器不離身。所以，死後，也希望武器能夠跟他葬在一起。」

說完，爸爸問：「如果妳死去，希望跟什麼東西葬在一起？」

海蒂說：「我希望跟森林家族跟iPad葬在一

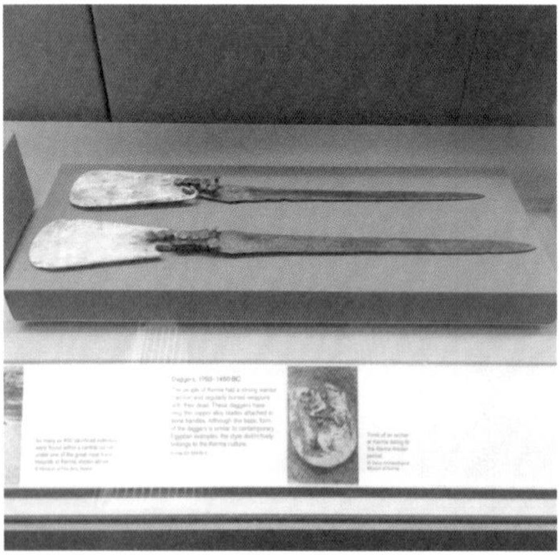

館藏中，武士與他們最常使用的刀葬在一起。諾諾天真說，如果是她，會選擇跟姊姊合葬。

終於來到大英博物館，參觀前，少不得在門口合影。

起。」

爸爸說：「但是那裡沒有網路喔！iPad沒辦法使用。」海蒂說：「沒關係！我喜歡它們。」

妹妹諾諾馬上接著說：「我希望跟姊姊葬在一起，姊姊是我的小美樂，就是我的玩具，我最愛姊姊了。」

這是小朋友參觀大英博物館的最重要的觀後心得。

二〇一九年二月五日　悲劇的誕生

旅遊在外，少不得要洗幾次衣服，民宿裡有洗衣機真的很方便。

家裡其他人都很利索，所以，我都不用操心。昨天，媳婦洗好一回衣服之後，我忽然又整理出了一些需要洗的衣服。

這些年來，家裡請了一星期來兩次的清潔阿姨，會幫忙洗衣服；阿姨沒來的日子，如果該洗的衣服超過某種程度，阿公就會主動先洗。我幾乎好些年沒洗過衣服了。

這回出門在外，我想示範一下「賢慧」兩字的意義，沒讓阿公動手，便自行操作起來。聽到機器開始轉動的聲音，我還心裡偷偷自豪寶刀未老。接著，就出門逛大英博物館去了。

回來後，在三樓寫臉書，忽然聽到駭笑聲；接著，就看到兒子拿著兩件小毛衣上樓問：「媽，這是妳的毛衣嗎？」我定睛一看，蝦密？我的兩件羊毛衣居然變成兩件童裝！！！二妹笑鬧著穿上，竟然還嫌小，大夥兒看了都笑到肚子痛。原來，洗衣機用的是熱水，羊毛衣經過洗淨、脫水後，瞬間變小。

兒子說，剛發現時，媳婦差點崩潰，趕緊問：「是誰洗的？」深怕是她搞砸的，知道是媽媽自己洗的，所有人都放心地笑翻了。

阿嬤不小心將兩件自己的毛衣放進溫水的洗衣機裡，結果縮水變成孫女的尺寸。

兒子還加碼吐槽：「現在給二妹穿都嫌小，乾脆繼續烘乾，就可以給小美樂穿。」

啊！這人生，變數還真多，一不小心就會淪入萬劫不復的境地，真是糟糕透頂。

但話又說回來，台語俗諺不是說：「仙人打鼓有時錯，腳步踏錯誰人無。」說的應該就是：再賢慧的人，也會有犯錯的時候。光是一宗悲劇的誕生，根本不必太過自責吧！

二〇一九年二月八日　回台灣真好

在英國的機場吃了一頓日式料理後（可怕的貴啊，一碗類似鬍鬚張魯肉飯大小的、只有三個海蒂小拇指大小肉條的咖哩飯，要價二百零五元台幣），終於揮別二十天的旅程，回到溫暖的故鄉。

今日搭高鐵南下，感覺分外幸福。人親土親，高鐵無論站內、車內都有乾淨的廁所，想起一路在巴塞隆納、倫敦喝咖啡找廁所，廁所且都骯髒不堪（連大英博物館都衛生紙滿地）。想到在路上行走，不必步步為營，擔心包包裡的東西被扒；想到搭計程車好方便，價錢算公道（雖然有些司機喜歡放言高論）……。台灣真是個美麗的寶島，我發誓以後要對它更好一些，更愛一點。

出去走一趟真好，二十天足夠吵好幾架的家人，都幸而驚險度過。一路上看到兒子媳婦的溫柔互動；看兒子女兒的能幹安排、協助；看到孫女的乖巧快樂；兩位老人都相當滿意。

肯定知道屬於他們的年代來臨，而他們也準備好從容對應，沒有疑慮，我們毋須為他們操心，只要乖乖接受他們的領導。

高鐵行過北台灣，一輪美好的夕陽掛在遠方的天邊，像我們的人生。

二〇一九年二月九日　一趟旅行的觀察

終於在西敏寺門口有了一張完整的家人合照，請旁邊的旅客幫忙攝影的。

我這些天寫的遊記，看起來好像不必出國也會發生，清閑有趣。不外乎衣服洗壞了；尋回失物；走路擋到人；爸媽半夜來託女；街頭遇垃圾車；看圖說故事講感覺；小孫女的撒嬌……等，看起來沒有增廣啥見聞。

但一些知識性的東西，兒子會幫我們臨時惡補，他做了許多功課。譬如：在倫敦的旅館內，我就收到「倫敦的區域認同：英國天龍人如何從『郵遞區號』判斷對方是怎樣的人？」的文章；即將參觀西敏寺，半夜就有電子郵電：「你所不知道的英國倫敦西敏Westminster Abbey」飛來。最後一天去西敏寺，原本以為小朋友會不耐煩，誰知二姝認真聽耳機導覽，好專注，爸爸好有耐心，一路接受孩子提問。看來是個好爸爸。為二姝開心，有同心的爸媽，太幸福。

必須特別感謝的：

出發前，兒子先規畫行程，有老人和小孩同行，思考得更周密。太冒險性、太密集的行程都不適當，景點得老少咸宜。

因為人數眾多，時間長，訂旅館時，要斟酌景點、考慮移動、撙節用度；更棘手的，還有小姑姑隨後才到，不能在前幾天就將重要地點玩完。

這次多虧了兒子行前縝密的規畫，一切都相當圓滿。因為行李轉機遺失，又多買了一套行李，變成行李笨重，也虧了兒子人高馬大，女兒也很管用，媳婦超會打包，總算過關。

其實，最帥的是兒子不管開車或領著我們搭地鐵、坐火車或轉飛機，都義無反顧，尤其黑漆漆中開車長驅偏僻山區內石屋，那個帥勁就別提了。靠一只導航行遍山巔海隅，他當年行走印度一月、壯遊南美洲近一年，功夫看來都沒有白費，一切的求生技能都派上用場了。

旅行圓滿完成。要大大感謝兒子媳婦和女兒擔待。去程媳婦長針眼，海蒂感冒發燒；回程阿公不小心仆街（幸而要回家了），諾諾被香港、台灣的海關攔下量體溫三十七・六。量完，阿姨送她一包衛生紙，她拒收，阿姨傷心說：「啊！我被拒絕了。」姊姊大笑，媳婦和針眼纏綿整整二十天，終於在回到桃園機場時痊癒，好神！

生病住院的大笨鐘讓海蒂紅了眼眶。

二〇一九年二月十日　歡樂的時光

這趟旅遊，小朋友總保持高昂的士氣，也高度投入。外出旅遊不但興致盎然，且歡笑跑跳或悲傷惆悵。如去看大笨鐘，發現正在整修，媽媽說：「可惜大笨鐘生病住院了。」就引得海蒂差點哭出來。行至倫敦鐵橋時，一路高唱：「倫

進了M&M倫敦旗鑑店，簡直眼花撩亂，孩子樂極了。

敦鐵橋垮下來。」

看到倫敦眼摩天輪時，好歡樂，海蒂還說：「媽媽去大直美麗華搭摩天輪時，差點緊張得尿濕褲子。」

到Camden market的Cyberdog超瘋狂。因為是一間螢光夜店fu的商店，門口兩隻高大的機器人，裡頭傳出快節奏的電音音樂，二姝就大方地在門口來一段激烈的雙舞蹈，引得許多人駐足觀賞。

最喜歡到M&M和樂高專賣店。沒有買其他東西，只買了綁頭髮的橡皮筋並拉了一小罐五顏六色的巧克力。但光是在裡頭跟店內大型玩偶合影就好歡樂。最興奮的是在寒冷的街頭，用一鎊錢和皮卡丘一起照相。

有一天，海蒂拉著阿嬤的手，很鄭重地跟阿嬤說：「阿嬤，我今天終於鼓起勇氣跟媽媽說：可不可以讓我買一個禮物？我以前都不敢的。諾諾每次都用撒嬌方式，說一些謊言：譬如最愛媽媽或抱媽媽、親媽媽，要媽媽買東西給她，我都不敢。今天我終於鼓起勇氣，因為真的覺得那個娃娃項鍊好美。媽媽答應了。」

原來她在紅磚巷的市集轉角看到喜愛的兒童項鍊，直到過了三條街才勇敢提出。阿嬤聽了好感動，不隨便鬧著買東西是萬分寶貴的德行，但再三斟酌後，勇於提出需求，也是一種進步。

二〇一九年二月十日　讓人懷念的睡衣趴

在倫敦民宿的最後幾晚，洗過澡後，二妹都期待上樓跟姑姑、阿嬤舉行睡衣趴。睡衣趴的內容其實只是簡單的說故事和搶答。四人輪流說故事，並在故事說完後，出題讓聽故事的人搶答。搶答之激烈，前所未有，雖然獎品都是臨時從行李角落撿來的假裝小玩具。

起始是阿嬤每天在旅程中隨機編故事，故事的主角是被禁錮在皇宮內的公主。像單元連續劇一樣，天真無邪的公主不耐煩每日在皇宮內過無聊的生活，她偷偷溜出皇宮，遇見許多不同的人和動物。阿嬤每天講一則完整故事。

公主因為身居宮中，缺少庶民生活經驗，常常鬧笑話，也因為事事新鮮，件件關心，發現很多民間的困難，回宮稟報父皇，做為皇上和人民的橋樑。

小朋友聽了好上心，有時旅途中，路走多了，提早睡了。次日，姊姊還不忘提醒阿嬤得補講。因為是臨時瞎編的，有時忘了具體內容，兩姊妹還會幫阿嬤前情提要一番。

阿嬤的故事比較海闊天空；小朋友講的故事多半有所本，譬如說一隻兔子的故事，雖然主角是兔子，但發生的事常常是現實中她們和家人身歷的情節。也就是「此中有人」，大家都可以對號入坐。

一日，諾諾不禮貌，惹阿嬤生氣。阿嬤罰她不准參加當日的睡衣趴，諾諾做出一副不在乎的樣子。

其後，阿嬤問姊姊海蒂什麼時候要上樓開睡衣趴？姊姊說：「可是，妹妹說她不參加睡衣趴哩。」阿嬤說：「是阿嬤罰她，不讓她參加的，哪裡是她自己不想參加！」海蒂錯愕不語。

阿嬤再問：「妹妹不參加，那妳到底要不要參加？」海蒂起始低頭不語，看出內心掙扎。其後忽然回說：「中秋節時，我們到表妹瑈瑈家作客，我聽表妹的話，不跟諾諾玩。回家後，妳不是罵我不應該讓妹妹孤單。如果有人不肯讓妹

倫敦住處，姑姑房內有個奇怪的浴缸。

妹加入遊戲，我應該拒絕跟那人玩。……」阿嬤大吃一驚，竟然差淪為拉幫結派的兇手，讓海蒂左右為難。

這一想，阿嬤趕緊改弦易轍，跟一旁的諾諾說：「阿嬤看在姊姊這麼愛護妹妹的份上，讓妳參加今晚的睡衣趴。……但是，妳想參加嗎？」諾諾不好意思地點頭，然後，偎到姊姊身旁撒嬌說：「謝謝姊姊。」

二〇一九年二月十二日　難怪很自然

在巴塞隆納的超市裡，居然看見台灣慣見品牌的染髮劑。我看了看價錢，似乎比台灣還便宜；媳婦自告奮勇，說旅途中得空要幫我染髮。我想了想，旅行啥事都不做，染髮正可以消閒，就購回一包。

我的頭髮其實還不到需要染髮的地步，但跟我同齡或比我年齡小的朋友幾乎都開始染髮或貼髮片了，前幾個月，我在超市看到成排的染髮劑，心想，也許可以先買一包來試試。

女兒說：「買一包吧！我來試試染頭髮，我發現妳也開始有些白髮了，染了會更年輕吧。」我原本堅持不染的，因為我的姨媽腎衰竭過世後，表哥跟我說：「我媽身體一向很硬朗的。我強烈懷疑她是被染髮劑害死的，她長年染髮，把腎搞壞了。」這當然是合理的懷疑，但我半信半疑，因為阿姨過世時已經九十三歲，也很難說不是其他的毛病。不過，我因此一直把染髮跟腎衰竭連結上。

拗不過女兒的「年輕」說，我終於在女兒幫忙下染了頭髮。那條染髮劑用完後，我也沒再添購。

這次，在西班牙的鄉村老屋裡，媳婦孝順地幫我染髮，彷彿回到古老年代的二十四孝場景，我深深被感動了。媳婦手腳麻利，刷刷刷地，很快就染好了。

我問媳婦：「剩下的染劑怎麼辦？」「沒剩下！全用光了呀。」她飛快回答：「一次用一包。」我嚇了一跳！蝦密！沒剩下？女兒用首購那包染劑總共給我染了五次才用完，她一次用光？

我開始回想：首購後，女兒興奮地開始幫我染髮。她小心翼翼擠出染劑，調和後，邊挑邊刷，避過頭皮，一條染劑總共染了五次髮，而媳婦將它一次用光。

這其間的四次差距，到底誰對誰錯？想著想著，我彷彿明白了。

女兒每次幫我染髮、洗髮完畢，我總對鏡端詳，跟外子說：「你看！含文好厲害！幫我染得好自然，看起來跟原來沒啥兩樣，果然變得好年輕。」

既然染髮前跟染髮後沒啥兩樣，幹嘛染啊！當然自然啦，因為染劑用得太少，以致有用

兩個小孫女在英國首次搭乘雙層巴士，立刻愛上它。

跟沒用沒啥差別，難怪很自然！染髮變年輕之說，原來只是心理作用。

二〇一九年二月二十日　揮手自茲去

今天早起出門，搭公車時，看到一對老夫婦，白髮太太正吃力推著坐輪椅上的白髮蒼蒼老先生上公車。我連忙挪身過去，幫著把輪椅的前輪從地面提高到車上，這時，車上另有一年輕人也馬上過來幫忙。下車時，沒等到我出面，另有兩名青壯乘客搶先幫老太太的忙，將車子小心翼翼推下有些差距的地面去。

這對夫婦，我用肉眼觀察（不是我另有義眼，是說沒有科學依據，僅憑猜測），年紀約莫都在八十五以上了，兩人都滿頭白髮，也都感覺顫巍巍的，讓人看了，不由得辛酸。

這讓我聯想起前一陣子在倫敦旅行即將束裝返國的那個夜晚。我們在深夜搭乘最後一班車回民宿。車上的乘客稀稀落落，車子蜿蜒在街道上，有一種肅殺的清冷。

從巴士下車後，忽然看見遠遠的有位老太太邊跑、邊招手地往我們這個方向過來。我已從車門口走到車子的後端，一看這位老太太顫巍巍地跑步，好像非趕上這班末班車不可的樣子，我於是也跟著著急起來。連忙邊往回半跑著，邊往車門口揮手，示意司機等一下。

原本已然往前滑動的車子，就在我跑兩三步後停了下來。老太太氣喘吁吁地跑過我的面前，終於趕到了車門口，我正為她鬆了一口氣，她忽然站定，然後回過身，鄭重地朝我揮手致意，我也朝她揮手，請她趕緊上車。

然後，沒有「蕭蕭斑馬鳴」，已然「揮手自茲去」。兩個陌生人就在倫敦的寒夜裡，擦身而過，各自帶著溫暖的記憶。

結論：台灣人真好，無論老少，不分男女。

二〇一九年二月二十七日　爸咧？

昨晚，帶著諾諾返回台中老家。閒聊時，我們不經意間談到前些日子的旅行。

諾跟阿嬤說：「我們在旅行的時候，最常聽到我媽媽問：『拔（爸）咧？』」阿公老是跑去畫圖，讓人找。

然後，諾又接著說：「最常聽阿嬤問爸拔：『Hank，你確實知道我們現在在哪裡嗎？……應該往右邊走？還是左邊走呢？你確定應該怎麼走嗎？』」

這位小朋友！妳未免太觀察入微了吧！

二〇一九年三月六日　讓他們的熱舞對尬冷風吧

昨晚，小孫女舞興大發，兩人互尬。

姊姊要求姑姑播放在西班牙看到的佛朗明哥舞的音樂，穿上大人洋裝，先來一段熱舞；妹妹不甘示弱，也穿上周芬伶贈送給姊姊的閃亮露肩洋裝開跳，玩得不可開交。

妹妹跳著、跳著，像一顆精豆，抖個沒完；姊姊看著，本已脫下的大人服又穿上加入，兩人跳得好開懷。

一旁的觀眾笑彎了腰。爸媽來接，兩人意猶未盡，說：「下次來阿嬤家要繼續跳喔！」

今日午後，冷風加強。就讓他們的熱舞來對尬外頭的冷風吧！

阿嬤旅途中不忘寫作，家人費心安排舒適獨立、視野極佳的寫作場域。

二〇一九年三月十五日　雙重暗諭

西班牙及英倫旅途中，猶念茲在茲，一路寫這篇約稿。

猶記當時在西班牙山上石屋裡，兩孫環側，為我加油打氣，外子、兒女及媳婦幫忙布置一間獨立書屋，方便我在陌生地打字寫稿的溫柔。

旅途中所寫的稿子，竟然正好在昨天生日登出，好驚喜。

不管是偶然或刻意，都對約稿的金蓮和編輯心存感激。

我把它視為寫作順利及人生幸運的雙重暗諭。

二〇一九年三月二十九日　記得，世界曾經如此美麗

十餘年後，二妹重看這張照片時，會想起這趟甜蜜的旅遊嗎？

寒冬裡，在巴士站鵠候雙層巴士的雀躍心情；在巴士上層俯瞰倫敦街景的驚喜。

人行道上低頭匆行的人群；百貨商家櫥窗內的燈火燦亮；二妹恨不能將臉貼著窗玻璃的晶亮雙眼；還有家人壓低聲量的歡樂笑語，這些勢將成為阿公阿嬤暮年最甜蜜的回憶。

啊！記得，世界曾經如此美麗。

——原載二〇一九年一月十七日～四月五日《臉書》

倫敦巴士站等車時，姊姊累了，倒在妹妹的肩頭。
諾諾一副女漢子的勇於擔承模樣。

穿一隻靴子的老虎

國家圖書館出版品預行編目（CIP）資料

穿一隻靴子的老虎 / 廖玉蕙著 . -- 初版 .
-- 臺北市 : 九歌 , 2020.02
面； 公分 . -- (廖玉蕙作品集 ; 19)
ISBN 978-986-450-278-3 (平裝)
863.55 108023100

作 者——廖玉蕙
責任編輯——鍾欣純
創 辦 人——蔡文甫
發 行 人——蔡澤玉
出 版——九歌出版社有限公司
臺北市 105 八德路 3 段 12 巷 57 弄 40 號
電話／02-25776564・傳真／02-25789205
郵政劃撥／0112295-1

九歌文學網 www.chiuko.com.tw

印 刷——晨捷印製股份有限公司
法律顧問——龍躍天律師 ・ 蕭雄淋律師 ・ 董安丹律師
初 版——2020 年 2 月
定 價——350 元
書 號——0110719
I S B N——978-986-450-278-3